On The Road Again, With You

サイドシートに君がいた

喜多嶋 隆

角川文庫
15023

目　次

口絵写真／喜多嶋 隆
イラスト／たかぎスケッチ（miel）

あの頃、フォルクスワーゲン

電話が鳴ったとき、僕は、オフィスにある小型テレビを観《み》ていた。マリナーズのイチローが、内野安打で1塁ベースを踏んだところだった。スタンドの観客たちから歓声が上がる。僕は、リモコンでテレビの音を消した。デスクの電話をとった。

「アベ・オフィスです」

と言った。ほんのしばらくの空白。

「そちら、興信所のアベ・オフィスですよね」

と女性の声。僕は、つとめてソフトな口調で、

「そうです。何か、調査のご用件ですか？」

と言った。

「ええ……。ちょっと、相談にのっていただけるかしら」

と相手。声からして、中年女性。くせのない、きれいな英語だった。短いやりとりでも、知性が感じられた。

「もちろん。お話をうかがうだけでもいいです。いつでもおいでください」

僕は言った。相手は、これからくるという。

「こちらのオフィスの住所は、わかりますか？」

きくと、彼女は、フェアファックス通《アヴェニュー》りの住所を言った。合っている。たぶん、イエロー・ページを開いているのだろう。そして、彼女はおそらく、イエロー・ページで〈興信所〉のページを開いたのだろう。僕の事務所は、〈アベ・オフィス〉。アルファベット順に並んでいる興信所の中で、トップ・バッターとして掲載されている。

「その住所でオーケイ。じゃ、お待ちしています」

僕は言った。そして、

「あの……もし、ご主人の浮気調査のご相談でしたら、ご主人の写真を持ってきていただけますか？」

と、つけ加えた。うちのような興信所に女性が連絡してくる場合、99パーセントが浮気調査だ。

「写真？」

「ええ。できるだけ最近のもので、ご本人の顔がよくわかる自然なスナップがあれば、よりいいですね」

「……わかったわ。じゃ、たぶん、1時間以内に」

彼女は言った。電話を切った。わかったことは、二つ。持ち込まれる仕事は、浮気調査である。依頼人の女性は、たぶん、知的でしっかりした性格。そんなところだ。僕が電話で話している間に、イチローは盗塁を成功させた。が、つぎの打者が三振して、マリナーズの攻撃は終わった。

50分後。外でクルマの音がした。僕は、ブラインドのすきまから、駐車スペースを見おろした。紺のジャガー・4ドアがブレーキ・ランプを点灯させ、駐車しようとしていた。きれいに磨き込まれたクルマだった。初秋のロサンゼルス。その陽射しが、車体に光っている。

やがて、建物の外階段を上がってくる足音がきこえた。僕の事務所が入っている建物は、二階建て。一階は、スプリンクラー取り付け会社のオフィスだ。

相手がノックする前に、僕は、ドアを開けた。白人女性が立っていた。年齢は、45歳から50歳の間だろう。上品なベージュのスーツを身につけている。真珠のネックレスは、本物と思われた。少しプラチナがかったブロンドをアップにしている。淡く、きれいに陽灼《ひや》けしている。テニスかゴルフをやっているのだろう。瞳《ひとみ》は、ブラウン。

「アベ。アラン・アベです」

僕は、微笑しながら言った。

「スザンナ・ローガンよ」

と彼女。僕は、微笑したまま、

「どうぞ、ミセス・ローガン」

と言い、彼女を事務所に招き入れた。ミセス・ローガンは、事務所の中をじろじろと眺め回すようなことはしなかった。僕は、ソファー・セットを彼女にすすめた。L字形になっている布ばりのソファー・セットだ。デスクを間に向かい合うより、こっちの方が依頼人がリラックスするのを、数年の経験で知っていた。彼女は、ソファーに腰かけた。

「何か飲み物でも？　コーヒー、紅茶、ミネラル・ウォーター？」

「……じゃ、ミネラル・ウォーターをお願い」

と彼女。僕は、うなずいた。ここLAは湿度が低い。いつも、ノドは渇く。まして、興信所に相談にきた場合なら、なおさらだろう。僕は、奥にある小さなキッチンにいく。冷蔵庫から、ミネラル・ウォーターを出し、グラスに注いだ。彼女の前に置いた。

「ありがとう」

微笑しながら言った。さりげなく僕を見た。

「いま、あなたが考えてることは、だいたいわかります。僕が、イメージしていた私立探偵と少し違う……」

と言った。彼女は、無言。ということは、当たっているのかもしれない。僕は、N《ニュー》・バランスのスニーカーを履いている。やや細身のストレート・ジーンズに、白灰色《アッシュ》のTシャツを身につけている。僕は、笑顔を見せ、

「僕が、ダークな色のスーツを着て黒いサングラスをかけていると想像されていたのなら、期待にそえなくて申しわけない」

と言った。さらに、

「僕らの仕事は、テレビの『マイアミ・バイス』じゃない。犯人との銃撃戦もカー・チェイスも、まずない。ほとんどが、調査の仕事です。誰かの身辺をさぐるのが、日常の仕事です。念のため拳銃は持っていますが、まず、使うことはない」

「…………」

「そして、その誰かを尾行したり身辺をさぐるきき込みをしたりするためには、目立たないことが大切なんです。このLAの、どこにでもいるタイプの人間に見えることが大事です。そんな理由で、僕は、ダークスーツにサングラスといういでたちをしていないんです」

僕は言って、笑顔を見せた。彼女は、小さく、うなずいた。壁にかけてある私立探偵の免許証を見ている。

「まず、僕のことをごく簡単にお話ししましょう。生まれは、ここLA。父親が日系人で、母親が白人です。警察学校を出て、ロス市警に入った。警察官だった頃は、麻薬の取り引き現場で銃撃戦になったこともあります。が、運よく、まだ生きている。約6年前、32歳のときに警察官をやめた。そして、免許をとり、こうして興信所をやっている。まあ、そんなところです」

僕は、淡々と話した。

「その……なぜ、警察官をやめたの？　もし、よければ……」

と彼女。僕は、かすかに苦笑い。

「たぶん、組織の中で仕事をするのが、合っていなかったんでしょう。警察ってのは、一般の人が思っている以上に、お役所的なんです」

と言った。警察官をやめた本当の理由は言わなかった。

「じゃ、よければお話をうかがいましょうか」

僕はミセス・ローガンに言った。メモ用紙とボールペンを手にした。彼女は、5秒ほど黙っていた。そして、落ち着いた口調で話しはじめた。

「私の夫は、ラルフ。ラルフ・ローガン」

と言った。僕は、うなずいた。メモをとる。

「あなたが乗っているジャガーからすると、ご主人は、仕事で成功しているようですね？」

と僕。相手がしゃべりやすくしてあげる。彼女は、微笑してうなずいた。

「夫が経営している会社は、まあ、成功しているわね……。フィルムを現像したり、デジタル・カメラのデータからカラー・プリントしたりするシステムを開発して、製造してるの。センチュリー・シティに本社があるわ」

と言った。僕は、うなずきながらメモをとる。センチュリー・シティは、LAの中心部にあるビジネス街だ。彼女の夫が経営している社名をきき、メモした。

「私が夫と出会った頃……そう、彼が30歳の頃に設立した会社で、現在は、千人近い社員をかかえているわ。業績は、いまも順調よ」

「なるほど。ビジネス面での問題はない……」

と僕。

「でも、ご主人の様子が、おかしい？」

と彼女にきいた。彼女は、10秒ほど無言でいた。やがて、口を開いた。

「彼の会社は順調だから、残業するようなことは、まず、ないわ。それでも、ときどき、会社からそのまま帰ってこないことはあるわ。大学時代の友人たちと食事をするとか、軽く飲むとか……。彼は、大学がUCLAだから、その頃の友人も、かなり多くこのLAに住んでるの」

と彼女。僕は、うなずいた。

「そういうときは、帰宅は、かなり遅く?」

「……いえ、せいぜい、夜の11時頃には帰ってくるわ。それは、いまも変わらないんだけど……」

彼女は言った。僕は、うなずきながら、彼女の言葉を待った。そろそろ、話は核心に入っていくようだ。彼女は、深呼吸。

「……あれは、2週間ぐらい前のことだったわ……。夫は、仕事が終わったあと、友人と食事をすることになっていた。相手は、ジョン・パターソンといって、UCLA時代からの友人で、いまもテニスの仲間よ。その夜は、ジョンやほかの仲間もふくめて、男同士で飲んでくると言って、出ていったわ」

あい変わらず、落ち着いた口調で、彼女は言った。

「……彼が外で夕食をすますというので、私も、学生時代の女友達と会うことにしたの。ロデオ・ドライヴにあるレストランで、彼女と会うことにしたの。で、私は、7時頃に、ロデオ・ドライヴにいったわ。そしたら、ばったり、ジョンと出会ったの。その夜、夫と一緒にいるはずのジョン……。彼は、奥さんを連れていたわ」

「なるほど……。で、その夜、帰宅したご主人を問いつめた？」

彼女は首を横に振った。

「彼と……夫と……どなり合ったりするのは、できるだけさけたいわ。でも……夫が、あの夜、誰とどこにいたかは、知りたい」

静かな口調で、彼女は言った。

「あの夜、彼は、確かに嘘をついた。ジョンたちと会うと言っていたけど、それは口実だった。あの夜、11時頃には家に戻ってきたけど、どこへいって誰と会っていたのかは、わからないわ……」

「そうなると、それ以前、友人と食事をしてきたというのも、本当なのかどうか、あやしくなる。疑いだしたら、きりがない。そういうことになりますね」

僕は言った。彼女は、微苦笑して、うなずいた。僕も、うなずいた。

「あなたが、僕のところへきた理由がわかった。そして、僕に何を調べてほしいかも……」

「ええ……。そういうことなの。夫が、友人と会うと言って、誰と会っているのか、それが知りたい。調査は、難しい？」

「ご主人が、誰かと会って帰りが遅くなるというときは、事前に伝えるんですか？」

「そうね。前日とか、その日の朝とかに……」

「それなら、調査の前半は、問題がクリアされていることになる。ご主人が、あなたに〈今夜は友人と会って遅くなる〉と言ったその日、ご主人の行動を調査すればいいわけですから。毎日、張り込む必要はない。それだけでも、かなり楽です」

「……ということは、この調査を引きうけてくださるの？」

とミセス・ローガン。僕は、微笑し、うなずいた。

「もちろん。それが仕事ですし」

と言った。彼女が、ほっとした表情を浮かべた。

「あ、そうそう。夫の写真だったわね」

と彼女。セリーヌのバッグを開けた。一枚のスナップ写真をとり出し、テーブルに置いた。僕は、手にとる。どこか、テニスコートのわきで撮ったらしいスナップだった。ミスター・ローガンらしい男が、ベンチに腰かけている。写真のすみに、ラケットが写っている。後ろに、瀟洒《しょうしゃ》なクラブハウスが見える。たぶん、ビバリー・ヒルズのカントリー・クラブだろう。

ラルフ・ローガンは、白いポロシャツ姿でカメラに向かって微笑んでいる。年齢《とし》は、50歳を、少し過ぎたところだろう。金髪に白髪が交じりはじめている。太っても、ハゲてもいない。テニスコートという場にいるせいか、表情がやわらかい。元大統領のビル・クリントンに、どことなく似ていた。金持ちということも考え合わせると、女性にもてても不思議はない。夫人が心配する気持ちも、わかる。

「お子さんは？」

「長男が22歳で、長女が20歳。二人とも、東部の大学にいっているわ。子供は、その二人だけよ」

僕は、うなずきながらメモをとった。

「ご自宅と会社の間は、運転手つきのクルマで？」

「ええ、ダーク・シルバーのメルセデス。運転手はアンディ。30歳の白人よ」

と彼女。クルマのナンバーを教えてくれた。それと、通常の出勤時間、会社を出てくる時間もきいた。普通だと、夕方の6時過ぎには会社を出るという。

「それじゃ、つぎに、ご主人が誰かと会うと言ったら、すぐに連絡をください」

僕は言った。自分の携帯電話の番号を教えた。彼女も、携帯電話の番号を教えてくれた。そして、

「あの……調査費用のことなんだけど……」

と彼女。

「こういうことは初めてなんで、よくわからないけど、とりあえず、これだけ用意してきたわ」

と言いながら小切手をテーブルに置いた。僕は、金額を見た。

「充分過ぎるほどです。調査に、どのぐらいの時間がかかるか、まだわからないけど、たぶん、おつりを返さなきゃいけないかもしれない」

「おつりはいいから、何か、もっと必要になったら、遠慮なく言ってちょうだい」

と彼女。立ち上がった。デスクの上にある小さめの額を見た。ワイフの写真が入っている。

「奥さん?」

「ええ……」

「きれいな人ね」

と彼女。僕は、ただ微笑し、肩をすくめてみせた。ワイフがもういないことは言わなかった。

僕は、Tシャツの上に、コットンのジャケットをはおった。オフィスを出た。自分のクルマに乗った。トヨタの小型車。目立たないクルマだ。銀行にいき、ミセス・ローガンの小切手を換金した。ちょっとしたものだ。

そのまま、ウエストウッドにいった。〈Mel's Cafe《メルズ・カフェ》〉の裏にある駐車スペースにクルマを置いた。表に回り、ドアを開けた。

店主のメルは、いつも通り、カウンターの中にいた。僕の顔を見ると、軽く、うなずいてみせた。午後4時半。かなり傾いた陽が、窓から射し込んでいる。食器やフォークを光らせている。いつも通り、客は少なかった。UCLAの学生らしい三人が窓ぎわのテーブル席でビールを飲んでいる。オーディオからは、L《リー》・リトナーのギターが軽快に流れている。僕は、カウンター席にかけた。メルは、メニューを出そうともしない。ほとんど毎日きているのだから当然だけれど……。

「ミラー・ライト?」

と、きいた。すでに、ミラー・ライトのボトルを出している。僕は、

「いや。フローズン・ダイキリにしてくれ。それと、シュリンプのフライ」

と言った。メルが、〈ほう〉という表情をした。手を動かしはじめ、きいた。

「いい仕事が入ったのか」

と、きいた。

「多少は、フトコロがあたたかい」

僕は答えた。それは本当だし、毎晩、ハンバーガーだけが夕食では寂しすぎるというものだ。カクテルをつくっているメルに、

「ラムは、けちらないでくれよ」

と言った。多少は酔ってもかまわない。僕が住んでいるアパートメントは、ここから歩いて2分だ。

やがて、注文したものが出てきた。僕は、シュリンプのフライをつまみながら、ダイキリを飲みはじめた。カウンターの中でグラスを洗いながら、メルが口を開いた。

「マクガイアーが、警部補に昇進したそうだ」

と言った。僕はフライを口に入れる手を、一瞬、止めた。マクガイアーの顔を思い浮かべた。確かに、立ち回るのが上手な男だった。

「……なるほど」

僕は、つぶやいた。フライを口に放り込んだ。メルは、僕がロス市警にいた頃の同僚なのだ。ある日、コカイン中毒の男が、ライフルを乱射する事件がおきた。その現場で、メルは左脚を撃たれた。手術をくり返し、退院したが、いまも左脚は引きずっている。もう、市警を退職して7年あまり過ぎただろう。彼はそろそろ40歳になるはずだ。

店のドアが開いた。メルのワイフ、ジェーンが入ってきた。紙袋をかかえている。店で使う食材だろう。カウンターでダイキリを飲んでいる僕を見ると、〈あら〉という表情を見せた。

「人はビールのみで生きるにあらず」

僕は言った。

僕の前に、皿が置かれた。二杯目のフローズン・ダイキリを飲んでいた僕は、顔を上げた。皿は、チコリとツナのサラダだった。僕が何か言おうとすると、ジェーンが首を横に振った。野菜を食べなきゃ、は、彼女の口ぐせだった。僕は、

「ありがとう」

と言い、サラダをフォークで突《つっ》きはじめた。やがて、ジェーンが、ぽつりと言った。

「そろそろ、恋人でもつくらないの？」

僕は、ふと、フォークを持つ手を止めた。何も答えなかった。また、ゆっくりとフォークを動かしはじめた。カウンターの上。グラスの影が長くなっていた。

ミセス・ローガンから連絡がきたのは、5日後だった。午前10時頃、事務所に電話がきた。彼女の声は、少し緊張していた。

「夫が、今夜、仕事のあと、友人と会うわ」

と言った。会う相手は、UCLA時代の男友達二人。バリーとレオナルドだという。店は、メルローズ・アヴェニューにある〈シーガルズ〉。いいカリフォルニア・ワインを出すので有名な店だ。僕は、友人のバリーとレオナルドの外見をざっときいた。メモをとった。やるだけのことはやってみると彼女に言い、電話を切った。

夕方の5時過ぎ。僕は身なりをととのえていた。店がシーガルズとなると、ジーンズ、Tシャツでは入りづらい。

そこそこのスタイルに着がえた。ベージュのコットンパンツ。靴は、こげ茶のスリップオン。細かいチェックのボタンダウン・シャツ。その上に、濃いブルーのコットンジャケットを着込んだ。ネクタイは、省略する。まずまずだろう。クルマのキーを持ち部屋を出た。

5時40分には、センチュリー・シティに着いていた。

彼、ラルフの会社が入っているビル。駐車場は地下にある。その駐車場の出入り口がよく見える場所に、僕は路上駐車した。エンジンは、かけっぱなしにする。ジャズをかけているFMにチューニングする。低く流れるピアノを聴きながら待った。

6時を過ぎると、地下駐車場から出てくるクルマがふえてきた。日本車。アメリカ車。ヨーロッパ車。小型車。中型車。大型車。つぎつぎと出てくる。退社時間なのだろう。

6時17分。ラルフの乗ったダーク・シルバーのメルセデスが出てきた。その大きさで、まず目立った。ナンバーをす早く確認する。間違いない。白人の運転手がステアリングを握るメルセデスは、ゆっくりと通りを西に向かった。僕も、クルマのギアをDレンジに入れる。路肩をはなれる。40ヤードほど間隔をあけて、メルセデスを尾行しはじめた。

ラルフのクルマは、そのまま、シーガルズに向かった。店のまん前で、メルセデスは停まった。運転手がおりてくる。後部《リア》シートのドアを開けた。ラルフがおりてきた。明るいグレーのスーツを着て、ブルー系のネクタイをしめている。店の出入り口に向かった。ドアボーイが、笑顔でドアを開けた。ラルフは入っていく。

メルセデスは、店の角を曲がり、裏手にある店の駐車場に入っていった。僕は、一度、店の前を通り過ぎる。1《ワン》ブロック走って右折。近くをぐるりと回り、また店の前に戻った。店の向かい側。パーキング・メーターが並んでいる。その一つに、僕はクルマを駐《と》めた。エンジンを切る。おりる。パーキング・メーターに25セント玉《クオーター》を入れた。ゆっくりと道路を渡る。シーガルズの出入り口に向かった。

白い制服のドアボーイが、にこやかな笑顔を見せて店のドアを開けてくれた。店に入る。そこは、ウエイティング・バーになっている。カウンター席が一〇人分ぐらいあった。けれど、客でにぎわっていた。ウエイティング・バーは満席だった。マネージャーらしい男がやってきた。微笑を浮かべ、

「お待ち合わせですか?」

と、きいた。

「そうなんだが……」

と僕。待ち合わせている相手を見つけるように、店内を見回した。テーブル席の奥。ラルフがいた。同じ年代の男二人と、にこやかに話している。一人は、太って銀髪。もう一人は、痩《や》せて、髪が薄い。ミセス・ローガンの言っていた男友達二人の特徴と合っている。

僕は、店のマネージャーに笑顔を見せ、

「しばらくしたら、またくるよ」

と言った。マネージャーは、

「ウエイティング・バーまで満席で、申しわけございません」

と言い、もみ手をした。僕は、〈気にするなよ〉という表情で微笑し、店を出た。駐めてあるクルマに戻った。ラルフはいま、夫人に言った通り、男友達二人と店にいる。あの様子だと、当分は、店にいると予想される。

予想通りだった。10時過ぎ。ラルフは、友人たちと店を出てきた。呼んだらしく、彼のメルセデスが店の前に駐まった。ラルフは、友人たちと握手。自分のクルマに乗り込んだ。メルセデスは、ゆっくりと走りはじめた。僕も、いちおう、間をおいて尾行する。何事も起こらなかった。メルセデスは、ベル・エアにあるラルフの屋敷に入っていった。僕は、そのまま、屋敷の前を走り過ぎた。自分の家へ向かった。自分自身が尾行されているとは気づかずに……。

翌日。午前10時。僕は、ミセス・ローガンの携帯電話にかけた。夫人は屋敷にいるようだった。僕は、きのうの出来事をありのままに話した。夫人は、〈ええ……〉と言いながら話をきいている。僕の話は、簡単に終わった。

「まあ、今回、ご主人はなんの嘘もつかなかった。だからといって、毎回そうだとは限らないと言えるでしょう。しばらくは、調査を続けるべきだとは思います」

僕は、思った通りのことを言った。夫人は、〈そうね……。じゃ、よろしく〉と言った。

つぎにミセス・ローガンから連絡があったのは8日後だった。

「夫は、今夜、カントリー・クラブの幹事会にいくと言ってるわ。7時から、ビバリー通《ドライヴ》りにある〈センティオ〉っていうレストランよ」

と言った。僕は、メモをとった。

ほとんど前回と同じだった。僕は、いいレストランにも入れる服装をして、夕方、クルマを出した。ラルフの会社の前で待った。6時25分。彼が乗るメルセデスが、地下駐車場から出てきた。僕は、また、40ヤードほどの間隔をあけて尾行しはじめた。

胸の中で、〈おやっ〉と思ったのは、走りはじめて5分ほどした頃だった。ラルフのクルマは、ビバリー・ドライヴの方向に向かっていない。海の方に向かって走りはじめていた。

少し気持ちを引きしめ、ステアリングを握った。

僕は、40ヤードの間隔をあけて、メルセデスを尾行していた。メルセデスは、サンタモニカ大通り《ブルヴァード》に入っていた。南西に向かっていく。完全に、海岸の方に向かっている。街の中心部から、サンタモニカ・ビーチの方に走っていた。

やがて、海岸線に出た。サンタモニカの海岸だ。もう、あたりは薄暗くなっている。サンタモニカ・ピアの入り口には、もう、照明がついている。

メルセデスは、海岸線に突き当たったところで、右に曲がった。海岸線沿いに、マリブ・ビーチの方向に走りはじめた。もちろん、僕も、尾行を続ける。ルート1を、北西に向かって、時速40マイルの、ゆったりとしたスピードで走っていく。

前をいくメルセデスが、左のウインカーを点滅させはじめた。ルート1から左に曲がろうとしている。僕は少し迷った。けれど、こちらも左折することにした。スピードを落とした。前のメルセデスとの間隔をあけた。二台の間隔が、60ヤードぐらいに開いた。

メルセデスは、ゆっくりと左折した。ルート1から、さらに海岸の方に曲がった。曲がり角は、ちょっとした空き地になっていた。レストランか何かを壊したあとの空き地らしかった。僕は、そこにクルマを突っ込んだ。ブレーキを踏み、ヘッドライトを消した。

ルート1から砂浜に向かう一本道。ゆるい下りになった細い道だ。その先に、一軒の家があった。コンクリート造り。あまり大きくはない。住宅というより、ビーチハウスという感じだった。メルセデスは、そのビーチハウスの前に駐まった。

後部のドアが開き、ラルフがおりるのが見えた。ラルフは、運転手に手を振った。メルセデスは、家の前の駐車スペースでUターンした。きた道を戻る。僕が駐めている空き地の前を通り過ぎる。ルート1に出る。ゆっくりと走り去った。

ラルフは、ビーチハウスの出入り口に歩いていく。自分で玄関の鍵《かぎ》を開けた様子だ。中に入っていった。すぐに、明りがついた。四角い造りのビーチハウス。その一階と二階の窓に、明りがついた。それまで、窓は暗かった。ということは、誰もいなかった。中に入ったラルフが明りのスイッチを入れたのだろう。

僕は、クルマのエンジンを切った。かすかに打ち寄せる波の音がきこえる。少し開けてある窓から、海の匂いのする微風が入ってくる。

さて、これから、どんな展開になるのだろう。いま、あのビーチハウスには、ラルフが一人でいる様子だ。ということは、あそこで誰かを待っているのだろうか。あのビーチハウスで誰かと逢《あ》う。そして、ひとときの甘い時間……。もし彼が浮気をしているとすれば、そんな展開になるのだろう。

そうなるのかどうか、いまは、わからない。いまできるのは、待つことだけだ。僕の仕事のほとんどが、待つことだ。

そのまま、2時間40分待った。けれど、何も起こらなかった。クルマも、バイクも、女も、男も、猫一匹、ビーチハウスを訪れなかった。やがて、メルセデスが、ビーチハウスの前に駐まった。ビーチハウスの明りが消えた。玄関からラルフが出てきた。クルマのリア・シートに乗り込んだ。メルセデスは、ゆっくりと走りはじめた。僕の近くを通り過ぎた。僕は、エンジンをかけ、クルマを出した。かなりの間隔をあけ、メルセデスを尾行した。結局、メルセデスは、そのまま、ラルフの屋敷に入っていった。午後11時を少し過ぎていた。僕は、24時間営業のハンバーガー・ショップに寄り、自分の部屋に帰った。

翌日。午前10時半。僕は、ミセス・ローガンの携帯電話にかけた。昨夜のことを、ありのままに話しはじめた。

「マリブに、ビーチハウス……」

と夫人。あのビーチハウスの存在は知らないようだった。ラルフは、昨夜、そこで時間を過ごした。だが、誰もあらわれなかったことを僕は話した。〈誰も……〉と夫人はつぶやいた。あきらかに当惑している様子だった。無理もないだろう。

「昨夜は、たまたま、誰かがあらわれなかっただけかもしれない。逢う予定の相手が、こられなくなったのかもしれない。もう少し様子を見てみましょう」

僕は言った。夫人も同意してくれた。


その電話がきたのは、夫人との電話を終えた30分後だった。

「アラン・アベのオフィスかな?」

と中年男の声が響いた。落ち着いているが、同時に明るさも感じさせる声だった。どうやら、新型コピー機のセールスではなさそうだった。

「ええ、アベ・オフィスです」

と僕。

「アラン・アベだね。驚かせてすまないが、私はラルフ・ローガン。いま、君が浮気の調査をしている本人だ」

と彼は言った。きびきびとした口調だった。どこか、ユーモアさえ感じさせる。僕が何を言おうか迷っていると、彼が先に口を開いた。

「びっくりしても当然だな。私がこの電話をかけている理由を、君も知りたいだろう。そこで、一つ、提案だ。このタネあかしをしよう。もしよければ、きょうの午後、一杯飲みながら」

「……一杯?……」

「ああ、昨夜、君が張り込んでいたマリブのビーチハウスで、どうかな?」

と彼。

「いますぐ、私のワイフに連絡するのもいいが、あまり賢明な手とは思えない。私の話をきいてからでも遅くはないんじゃないかな?」

彼は言った。その口調には、あい変わらずウイットのようなものが感じられた。しばらく考え、僕は、彼と会うことをオーケイした。午後3時。マリブ海岸のビーチハウスで……。

ビーチハウスの前に、あのメルセデスが駐まっていた。運転席には、いつもの白人の運転手がいた。僕は、そのとなりに自分のクルマを駐めた。おりる。メルセデスの運転手は、一瞬、こっちを見ただけだった。

僕は、ビーチハウスの玄関に歩いていった。建物はコンクリートづくりだけれど、ドアはシンプルな木製だった。僕は、そのドアをノックした。

5、6秒でドアが開いた。ラルフが、微笑していた。スーツ姿ではない。オフ・ホワイトのコットンパンツ。青い半袖《そで》のボタンダウン・シャツ。シャツのスソは、外に出している。休日のようなカジュアルなスタイルだった。

「ようこそ」

と言った。中に入った僕は、一瞬、驚いた。部屋のまん中に、クルマがあったからだ。薄いブルーのフォルクスワーゲン・ビートルだった。

「ここの一階は、もともとガレージだったんだ。それを改装したのさ」

ラルフが言った。そう言われれば、うなずける。床は、板張り。ガランとした四角い空間だ。海に面した側は、ほとんど全面ガラス張りになっている。ガラスの向こうには、砂浜がひろがっている。建物は、砂浜から2、3メートル高い位置にあるらしい。逆側の壁は、どうやら左右に大きく開くようになっている。ここから、クルマを出し入れするのだろう。そして、部屋の片すみに、バーがあった。壁に、酒のボトルが並んだ棚がある。木の丸いテーブルがあり、周囲にはスツールが四つほど置かれていた。部屋にあるクルマと、ガラスの外の海岸を見ながら飲めるようになっていた。オーディオからは、S《スティー》・ワン《ヴィー》ダーがごく低いボリュームで流れていた。

「とりあえず、一杯だ」

とラルフ。もう、酒のボトルを手にしている。なれた動作で、ストレート・グラスに二杯の飲み物をつくった。

「ラム・コーク」

と言った。一杯を、僕の前に置いた。僕が何か言う前に、

「クルマなら、置いていけばいい。私のクルマで送っていくよ」

と言った。


「まず、君が一番気になっているだろうことのタネあかしをするよ」

ラルフは言った。グラスに口をつけた直後だった。

「君も、私のワイフからきいたと思うが、私は彼女に嘘をついた。友人のジョン・パターソンと夕食をとると言って、ジョンとは会っていなかった。その夜、たまたま、ロデオ・ドライヴで、ジョンと私のワイフが、ばったり会ってしまった。ワイフには、嘘をついたのが、ばれてしまった」

とラルフ。僕は、うなずいた。ラム・コークに口をつけた。

「その翌日、ジョンから電話があったよ。昨夜、お前さんのワイフとばったり会ったが、なんだか、彼女、びっくりしてたぜ、まあ、そんな電話がジョンからきた。そこで、私は、

自分の嘘がばれたことを知った」

「……」

「私の嘘を知ったワイフは、どうするだろうと考えた。もしかしたら、私立探偵を使って、私の行動を調査するかもしれないと思った。もしそうなったら、私なりに対応する必要があるかもしれない。そこで、私は私で私立探偵を雇ったんだ。ちょうど、私は、〈シーガルズ〉で友人二人と会う予定があった。UCLAの頃の友人二人とね。そのことは、ワイフに前もって知らせた。そして、その日、会社を出た私を、誰か尾行してくるかどうか、こちらの私立探偵に張り込ませた。……ここまで話せば、あとのことは想像がつくだろう」

とラルフ。グラス片手に微笑した。僕も、グラスを手に、苦笑い。

「そうか……。あの夜……」

「そう。私を尾行している君を、別の私立探偵が尾行していたわけだ」

ラルフは言った。薄い書類のファイルをとり出した。

「アラン・アベ。23歳でロス市警に入る。32歳で市警を退職。在職中は、優秀な警察官だったらしいな。凶悪犯を一〇人近く逮捕している」

とラルフ。僕は、ただ、肩をすくめてみせた。一杯目のラム・コークを、飲み干した。

「これは、私の、ごく個人的な興味できくんだが、君のような優秀な警察官が退職するには、どんな理由があるのかな？　もしよかったら、きかせてくれないか」

とラルフ。二杯目のラム・コークをつくりながら言った。

「……あの制服が好きになれなかったとか、ポリス・カーの色が気にくわなかったとか、そんな答えじゃ、満足しないんだろうな……」

「ああ、残念ながらね」

ラルフは、ニコリと白い歯を見せた。ラム・コークのグラスをテーブルに置いた。僕は、ゆっくりと、それに口をつけた。この、ラルフという男を気に入りはじめていた。企業のトップでありながら、気さくに、オープンに話す。そんなラルフを気に入りはじめている自分に気づいた。僕は、また、ラム・コークに口をつける。ガラスの向こうの海を見た。傾きかけた太陽。海面は、レモンの皮のような色になりつつあった。

「ワイフも警察官だった」

僕は、ぽつりと口を開いた。グラスを手にしたまま、ラルフがこっちを見た。

ワイフは、僕より2歳若かった。ロス市警に入ったのも、僕より2年あとだ。名前は、ティナ。白人。金髪で、サーモンのパイを焼くのが上手だった。僕と知り合ったのは、ごく自然に、同僚としてだった。

知り合って3ヵ月目。僕らは、恋人と呼べる間柄になった。そして、8ヵ月目に結婚した。僕が30歳。彼女が28歳のときだった。彼女は、結婚しても警察官をやめなかった。

それは、僕らが結婚して2年が過ぎようとしていた9月だった。水曜日の夕方。ダウンタウン。ピコ大通り《ブルヴァード》。ワイフは、同僚の警察官と一緒にパトロールをしていた。5時近く。ふらついて走っているクルマを見つけた。右の路肩に駐めさせる。不審尋問をしようとした。ワイフは、そのクルマの運転席に近寄っていった。窓を開けさせようとして、窓ガラスを軽く叩《たた》いた。

その瞬間、運転席のドアが勢いよく開いた。あとからの証言によると、ドラッグをやっていたドライバーが、中からドアを蹴《け》り開けたらしい。ドアにぶつかり、ワイフは後ろによろけて倒れた。運悪く、そこへクアーズのルート・カーが走ってきた。ワイフは、その大型トラックに轢《ひ》かれた。病院に運ばれるとちゅうで息を引きとった。あと2日で30歳になろうとしていた。

ショックが通り過ぎたあと、僕が感じたのは、強い怒りだった。市警は、彼女に油断とミスがあったという主張をし続けた。パトロール中の殉職なのに、規定の半額以下しか死亡退職金を払わなかった。彼女の両親と僕は、市警を訴えることも考えた。が、交渉のとちゅうでやめた。無駄だと思えたからだ。僕はもう、そんなやりとりの間に、市警とかかわり合うのに嫌気がさしていた。そして、退職した。

そんな事情を、僕は、さらりと話した。

「悪いことをきいたかな」

とラルフ。僕は、首を横に振った。

「過ぎたことだ」

と言った。


「そろそろ、そっちの話をきかせてくれてもいいんじゃないか?」

僕は、ラルフに言った。僕らは、すでに四杯目のラム・コークを飲み終えようとしていた。ラルフが、五杯目のラム・コークをつくりはじめた。太陽は、かなり水平線に近づいていた。ラルフが、グラスにラムを注ぐ手を、一瞬、止めた。何かもの想いにふける様子。

やがて、ゆっくりと口を開いた。

「……ワイフが、君に、私の行動を調査する仕事を頼んだ……。それは正しかったよ。私は、ときどき、ワイフには内緒で恋人に逢っていた……」

とラルフ。僕は、じっと、彼を見た。

「そして……私が逢っていた恋人は、それさ」

ラルフは言った。持っていたステアーで、部屋のまん中にあるワーゲン・ビートルをさしてみせた。僕は、その薄いブルーのワーゲンを眺めた。

「まあ……順を追って話そう」

とラルフ。

「……私は、小さな頃から映画好きな子供だった」

「……」

「まあ、このLAで生まれ育ったんだから、自然のなりゆきかもしれない。しょっちゅう、どこかで撮影をやっている街だからね……。とにかく、映画やドラマを観て育ったし、大人になったら、映画の業界で仕事をしたいと思っていたよ」

「映画監督に？」

「そりゃ、監督になるのは最高の夢だが、助監督でも、カメラマンでも、カメラマン助手でも、とにかく、映画にかかわる仕事をするのが望みだった。だから、ハイスクールを卒業して、UCLAに入っても、シナリオづくりの勉強を熱心にやっていたよ」

「……」

「そんな大学生生活をはじめて間もなく、19歳のときだった。私は、一人の娘《こ》と知り合った……。バーバラという、18歳の娘だった。まだ、ハイスクールに通っていて、ランチョ公園《パーク》の近くにあるレストランでアルバイトをしていた。ギンガムチェックのシャツブラウスがよく似合ってた……」

「……あなたとバーバラは、恋におちた？」

と僕。ラルフは、微笑しながら、うなずいた。

「まあ、ひと目惚《ぼ》れってやつかな。幸い、バーバラの方も私に好意を持ってくれた。私たちは、知り合って1ヵ月で、恋人になったよ」

とラルフ。五杯目のラム・コークに口をつけた。

「その頃、私はフォルクスワーゲンに乗っていたんだ。薄いブルーのワーゲン・ビートル……。中古だが、よく走ったよ。そのワーゲンで、私とバーバラは、あちこちへいったた……。水着の上にTシャツを着て、海岸線のビーチへいった。ヴェニス・ビーチ、レドンド・ビーチ、ハンティントン・ビーチ……。泳いだり、夕陽を眺めたりした。ときには、国境を越えてティファナまで遊びにいったりもしたよ……」

ラルフの目は、遠い日を見ていた。僕も、五杯目のラム・コークに口をつけた。

「……で、その恋の結末は？」

と、きいた。ラルフは、水平線を見つめたまま、

「約10ヵ月で終わった……。バーバラと私は、別れたよ……」

と、つぶやいた。

「その、理由は？」

「……理由……。十代の恋が終わるのに、理由などないんじゃないか？　もし、理由を見つけるとすれば、二人とも十代だったから……若かったから……。そういうことだと思う」

ラルフは、少しほろ苦い微笑を見せた。

「いま思えば、なんであんな、というような、ささいな気持ちのズレが、もとに戻せなくて、結局、別れてしまったんだな……」

と言った。海は、さらに濃いイエローに染まってきていた。砂浜を、犬を連れた中年男が散歩していた。

「やがて、私は、UCLAを卒業した。そして、希望通り、ある映画会社に入ることができた。けれど。けれど……」

「けれど？……」

「私が配属されたのは、フィルムの現像をするセクションだった。撮影したフィルムを現像したり、プリントしたりする、そんな仕事だった。けれど、そこで仕事をしているうちに、いずれチャンスはくると思っていた。実際に、自分で書いたシナリオを、上の方に見せたりもしたよ。……けれど、それが採用されることはなかった」

「……」

「そろそろ二十代が終わる頃、私は、映画会社に見切りをつけて、退社した。そして、自分の会社をつくったよ。一般の人が撮った写真を現像、プリントする、新しいシステムをそなえた会社だ。映画会社の現像セクションにいた経験をいかして、現像とプリントをより早く仕上げる会社を立ち上げたんだ」

「なるほど……」

「20年以上前のことだから、まだデジカメは普及してなくて、みんなフィルムでスナップ写真を撮っていた。それまで、現像からプリントをするまで1日2日はかかっていた。ところが、うちの会社は、それを約8時間にちぢめた。そのせいで、会社は、急成長したよ。いまのワイフと結婚したのも、その頃だ」

「……」

「その後、一般の人たちがデジタル・カメラを使うようになるんだが、うちの会社では、いち早く、それにも対応したよ。デジタルのメモリーから早く美しくプリントする技術を完成させた」

「……そして、あなたの会社は、その業界では、ナンバー1《ワン》の座を守っている」

「……まあ、そういうことだね。かつての映画青年は、完全な企業経営者になっていた……」

とラルフ。ラム・コークのグラスを手に、

「……しかし……」

と、つぶやいた。

「……しかし？」

「あれは、5、6年前のことだ。私は、ある経済雑誌のインタビューをうけたんだ。いわゆる、成功した企業トップとしてね……。やってきた記者の質問に答えて、私は、これまでやってきたことを話したよ。しかし、話しているうちに、内心、嫌気がさしてきたんだ」

「嫌気？……」

「ああ……。記者には、うわべの成功談しか話さなかったが、企業を成功させるためにはいろいろな手を使ったよ。業績のよくない会社を安く買収したり、ときには、ライバル会社から技術者を引き抜いたりね……。まあ、ビジネスの世界なんてそんなものだと言ってしまえば、その通りなんだがね……。けして後味のよくないことも多くやってきた」

「……」

「そんなインタビューがあった数日後、私は、ふと、街角で、フォルクスワーゲンを見かけたんだ。ややくすんだグリーンのワーゲン・ビートル。それに、若いカップルが乗っていた……。それを見ていると、ふいに、何か、言いようのない気持ちにおそわれたんだ」

「……過去への感傷？……」

「まあ、簡単に言ってしまえば、そういうことだろうな……。18歳のバーバラとワーゲンで走っていたあの頃の思い出が、突風のように、心の中を吹きぬけたよ」

「……」

「いまの私は、妻子と、千人の社員をかかえた企業トップだ。19歳の日に帰れるはずもない。……だが、ときには、そんな、過ぎた日の思い出にひたることがあっても、許されるのではないかな……。センチメンタルであることは充分にわかっている。けれど、そんな感傷を、心のすみに残しておいてもいいんじゃないか……。そう思ったんだよ」

とラルフ。僕は、うなずいた。

「で、このワーゲンを？」

「ああ……。当時乗っていたワーゲンは、とっくに売ってしまった。だが、年式と色は、わかる。そこで、有力な中古車ディーラーに依頼して、それに近いものを探しはじめた。

アメリカ中からね。同時に、そのワーゲンを置くビーチハウスも探しはじめた。こっちの方が先に見つかったんだが……」

「それが、この家……」

「ああ……。この一階は、完全なガレージだったんだ。それを改装したよ。床の木も張りかえ、向こうをガラス張りにして、バーをつくった。ここの改装が終わる頃、ちょうど、クルマも見つかった。かつて私が乗っていたのと、年式でいうと1年ちがい。色は、まったく同じだ」

とラルフ。僕と彼は、部屋のまん中にあるフォルクスワーゲンを眺めた。30年以上の年月がたっている。色は、それなりに褪《あ》せ、ところどころに、かすかな錆《さ》びも見える。けれど、それが逆に、独特の空気感を漂わせていた。メタリックのバンパーに、夕陽が照り返されていた。

「このクルマにエンジンをかけ、走ることもある。こうして、ただ、眺めて、回想にふけるだけのこともある。飲みながらね……」

ラルフは、眼を細め、ワーゲンを見ている。

「バーバラは、頰にかすかなソバカスがあった。まっすぐなダーク・ブロンドは、たいてい、後ろでポニー・テールにしていた。スティーヴィー・ワンダーの曲が好きで、アボカドのディップをつくるのが上手だった……」

「そして、あなたとバーバラは、よく、ラム・コークを飲んだ」

僕が言うと、ラルフは、十代の少年のように白い歯を見せ、うなずいた。

「そう……。クラッカーにアボカド・ディップをつけ、ラム・コークを飲んだな……」

とラルフ。

「奥さんを事故でなくした君などに比べればたいした重さはないが、これが、私なりの思い出なんだ」

と言った。僕は、首を横に振った。オーディオから、S・ワンダーの〈Stay Gold《スティ・ゴールド》〉が、ゆったりと流れはじめていた。

「その人の思い出の重さや大きさを、他人が測ることはできないよ。本人にとって、それが大切なものなら、すべての思い出は、24金なんじゃないか？」

僕は言った。ラルフが、ゆっくりと、うなずいた。そして、右手をさし出した。僕は、一瞬、ためらった。が、僕らは、短く、かたい握手をした。

「今夜、家に帰ったら、ワイフにはすべてを話すつもりだ。彼女なら、わかってくれるだろう。そして、許してくれると思う」

ラルフは言った。僕は、うなずいた。これで、また一つ、仕事が終わる。

太陽の下端はもう、水平線にとどきそうになっていた。光は、真横から部屋に射し込んでいた。すべてが、レモンの皮の色に染まっていた。ラルフの横顔。たぶん、僕の顔も……。そして、バーにある紙ナプキン。グラス。ラムのボトル。フォルクスワーゲンの、金属製のサイド・ミラー。すべて、黄昏《たそがれ》の光を反射していた。

「じゃ、最後に、もう一杯だけ、ラム・コークを」

ラルフが言った。二杯のラム・コークをつくる。一杯を僕の方に押し出した。僕らは、それぞれにグラスを持った。

「それぞれの心にある24金の思い出に」

ラルフが言い、グラスをあげた。僕も、軽くグラスをあげて応《こた》えた。乾杯はしなかった。

カモメの鳴く声が、ガラスごしに、かすかにきこえていた。スティーヴィーが〈Stay Gold〉を、ゆったりと歌っていた。

シャンパンを、雪で冷やして

「電話よ、ノリ」

と姉の春実《はるみ》が言った。コードレスフォンを、こっちにさし出している。わたしの名前は範子《のりこ》という。けれど、子供の頃からジャジャ馬だったせいで、姉は、わたしを〈ノリ〉と呼んでいる。

屋根の雪おろしに出ようとしていたわたしは足を止める。コードレスフォンをうけとった。相手は、Kさんというスキー連盟の役員だった。同時に、富良野《ふらの》ワールド・カップの大会役員でもある。わたしとは、親しい。

簡単なやりとりのあと、

「ところで相談だけど、範子君のロッジに、出場選手を一人、泊めてくれないかな」

と彼は言った。

「出場選手を？……」

わたしは、思わず、きき返していた。

もうすぐ、この富良野で、アルペン・スキーのワールド・カップが開催される。ひと冬のあいだ、世界中を転戦するワールド・カップ。その大会が、来週から富良野で開かれるのだ。スキーのワールド・カップが富良野で開かれるのは、ひさしぶりだった。

この、FIS（国際スキー連盟）が主催しているワールド・カップは、スキーの世界では、事実上の頂点といえる。4年に一回のオリンピックより、スキー選手は、ワールド・カップに勝ちたがる。

その理由は簡単だ。

たとえば、4年に一回のオリンピック。そこでは、いわゆる〈まぐれ勝ち〉する選手があらわれることがある。〈たまたま、そのコース・コンディションが自分に合っていた〉、あるいは、〈たまたま、自分の調子を、オリンピックの時、ベストに持っていけた〉などなどの理由があるだろう。

けれど、ひと冬、世界各地を転戦するワールド・カップでは、そうはいかない。本当に地力のある選手が、その年のチャンピオンになる。だから、選手の誰もが、ワールド・カップの年間チャンピオンになりたがる。

ワールド・カップで勝ちたがるのは、選手ばかりではない。その選手と契約しているスキー・メーカー。選手にウェアを提供しているメーカー。彼らも、当然のように力を入れてくる。大ぜいのサービスマンを、大会に投入してくる。まるで、クルマのF1のようだ。そのせいか、アルペン・スキーのワールド・カップを〈雪の上のF1〉などと書きたてている記事を見たことがある。

「選手を、うちのロッジに？……」

わたしは、きき返していた。大会の出場選手やコーチ、そして大会役員などは、ホテルに宿泊することになっている。レース会場となるスキー場の中に、誰でも知っている大ホテルがある。選手と役員は、そこに泊まるはずだった。

「ところが、手違いがあって、一人分、部屋がたりなくなってね」

と電話の相手。説明しはじめた。

その選手は、北欧の国の選手だという。その国名をきいたわたしは、〈え……〉と思った。アルペン・スキーの世界では、なじみのない国だった。ノルディック種目はわからない。けれど、滑降してスピードを競うアルペン種目で、その国の選手が出ているのを見たおぼえがない。

「つい最近、その選手が出場することになったんだけど、部屋をとれなかったんだ。もう、ホテルはぎっしり満員だし」

と彼。

「なんとか、君のところで泊めてくれないかな。費用は、もちろん大会本部が持つから」

と言った。

わたしの家は、ゲレンデの近くでロッジをやっている。来週のワールド・カップの間も、関係者が泊まることになっている。スキー雑誌のスタッフが二組、計八人。スキー・ウェア・メーカーのスタッフが五人。大会のはじまる3日前あたりから泊まる予定になっていた。けれど、ツイン・ルームが一部屋、まだ、あいている。

「その人、言葉は？」

わたしは、きいた。

「かたことの英語は話せるらしい。君も、英語なら、そこそこ話せるだろう。それもあって、君のところに頼みたいんだ」

と彼。そう言われると、断わりづらい。わたし自身、以前は、スキー連盟の世話になったことがあるからだ。わたしは、少し考えた。

「……じゃ、ホテル並みの料理は出せないけど、それでよかったら、引きうけるわ」

「わかった。その辺は、よく伝えておくよ」

わたしの家は、いま、女三人でロッジをやっている。母、姉、そしてわたしだ。父は、地元中学の体育教師であり、スキーのコーチでもあった。ジュニア選手を育てる仕事をしていた。けれど、3年半前、脳血栓であっけなく他界した。

うちのロッジは、もう、20年ほど前からやっている。富良野は、もともと人気のあるスキー場だ。おまけに、富良野を舞台にしたテレビ・ドラマがヒットした。スキー・シーズン以外にも、お客はやってくる。父の死後も、ロッジの経営は、まずまず。

姉の春実は、わたしと正反対。一見、女らしい。料理が得意。あれで、どうして結婚しないのかと、近所の人たちは話しているらしい。でも、わたしには、だいたいの理由がわかっている。姉は、相手を選ぶ。いわゆる高め狙いなのだ。だから、男とつき合いはじめても、なかなか続かない。もう、30歳をこえるというのに……。

けれど、それはそれで、ロッジの経営にはつごうがいい。母が、シーツの洗濯や掃除、姉が得意な料理、そして、わたしがロッジの修理や、クルマを運転してのお客の送迎と、役わりを分担しているのだ。

彼は、やってきた。

大会がはじまる2日前だった。わたしは、うちのクルマで彼を迎えにいった。クルマは、四駆のパジェロ。お客や荷物を乗せる必要があるので、ロング・ボディーだ。もちろん、屋根にはキャリアーがとり付けてある。

旭川空港からのバスが、町に入ってきた。大会本部が用意した大型バスだ。バスからは、二〇人ほどの関係者がおりてきた。

半分ぐらいは外国人だ。雰囲気からして、取材の人が多いようだった。選手やコーチのほとんどは、もう着いている。練習や調整に入っている。

そんな人たちの最後に、彼は、おりてきた。一人だけ若いので、すぐにわかった。ひょろりと背が高い。帽子《キャップ》をかぶっている。そのキャップから、少しウェーヴした金髪がのぞいている。年齢は、24歳か25歳というところだろう。わたしと同じぐらいと思えた。細おもてで、その表情には、少年っぽさが感じられた。

大会役員のKさんが、そばにきた。彼をわたしに紹介しようとした。

「範子君、彼が……」

とKさん。そこで言葉につまった。選手リストのようなものを見る。そこに、彼の名前が載《の》っているらしい。

「彼が……」

と言いかけて、Kさんは、また言葉につまってしまった。わたしも、リストをのぞき込んだ。そこに載っている名前は、確かに、読むのが難しかった。スイスやオーストリアや北欧の選手には、わたしたちが発音しづらい名前が多い。それにしても、彼の名前は、どう発音したらいいのか、わからない。

そのとき、小さな笑い声がきこえた。顔を上げると彼が白い歯を見せていた。そして、簡単でわかりやすい英語で言った。

「僕の名前は、読むのが、難しいです」

と彼。

「だから、M・Hとイニシャルで呼んでください」

と言った。笑顔のまま言った。わたしと役員のKさんは、顔を見合わせた。Kさんは、まだ、とまどった表情をしている。けれど、わたしは彼と向かい合った。

「オーケイ、M・H。わたしはノリコ。ノリと呼んで」

と言った。うなずく彼と握手した。

わたしとM・Hを残して、大型バスは走り去った。曇り空から、小雪がちらつきはじめていた。わたしたちは、近くに駐《と》めてあるパジェロに荷物を運ぼうとした。そして、あらためて、彼の荷物の少なさに驚いた。

ウェアやスキー・ブーツが入っているだろうバッグ。それに、ケースに入ったスキー。これは、あきらかに1《ワン》セットだ。

スキーが1セット！　まるで、一般のスキー客のように。そのことに、わたしは驚いていた。

普通、ワールド・カップにのり込んでくるのは、スキー選手というより、スキー選手団だ。たとえば、フランス、イタリー、スイス、オーストリア、アメリカ、カナダ、みんなそうだ。選手が一〇人ほど。コーチやトレーナーも数名。そして、スキー・メーカーのスタッフたち。彼らが運んでくるスキーは、選手一人について数セット。チーム全体で40セットや50セットになる場合もある。

スキー・メーカーのスタッフがやる仕事も多い。そのコースの特徴によってスキー板を選ぶ。レース当日の気温、雪質を見て、ワックスを選ぶ。スキーのエッジを研《と》ぐ。とにかく、選手が最高のコンディションで滑れるようにするのだ。

そのかわり、入賞した選手は、テレビによく映るようにスキー板をかたときもはなさない。上半身のアップを撮られるときも、スキーのロゴが顔のわきにくるようにしている。それを商業的すぎると言う人もいる。けれど、現実はそうなっている。アルペン種目のワールド・カップは、すでにプロ・スポーツなのだとわたしは思っている。

ところが……。わたしは、1セットだけのM・Hのスキーをクルマに積みながら、何か、新鮮な驚きを感じていた。

クルマに乗り込む。凍った道路の上に、さらに小雪が積もりはじめている。わたしは、ゆっくりとクルマを出す。助手席のM・Hに、

「旅は快適だった？」

と、きいた。彼は、にこにこしたまま、

「グッド」

と言った。

「日本は、初めて？」

「イェス」

にこにこして答えた。

「食べ物は、肉と魚、どっちが好き？」

「エヴリシング」

またも、にこにこと答えた。わかりやすい。やがて、うちのロッジが見えてきた。

ロッジに着きしばらくすると、もう夕食の時間が近づいた。

「ちょっと、ノリ」

と姉。彼に、夕食は鮭《さけ》のムニエルでいいかどうか、きいてきてくれという。彼の国は北欧だから、鮭の料理ならいいだろうと考えたらしい。

わたしは、二階にあるM・Hの部屋にいく。ドアをノックした。セーターにジーンズ姿の彼がドアを開けた。わたしの顔を見ると、にこりとした。夕食は、サーモンのムニエルでいいかときいた。〈オフコース〉と彼。にこやかに答えた。

その30分後。ロッジの食堂。まだ誰もいない。雑誌の取材の人たちも、ウェア・メーカーの人たちも帰ってきていない。みな、選手たちが泊まっているホテルにいっているらしい。大会前の取材や打ち合わせで忙しいようだ。

M・Hが、二階からおりてきた。一人で食べる夕食は寂しいだろう。ちょうどお腹がすいてきたわたしも一緒にご飯を食べることにする。テーブルで向かい合った。姉が、夕食を運んできた。鮭のムニエル。自家製のコールスローなどなど。わたしたちは、食べはじめた。

「ワールド・カップは、初めて?」

「イエス」

あい変わらず、にこにことしながら答えた。いかにも美味《おい》しそうに食べている。

「味はどう？」

「ベリー・グッド」

そんなやりとりをしながら、ナイフとフォークを使っている。

わたしは、そんな彼と話しながら晩ご飯を食べているうちに、ある思いにかられはじめていた。北欧の国からただ一人、1《ワン》セットだけのスキーを持って日本までやってきたこの青年、何を話してもにこにこと答えるこの青年を、なんとかしてあげたいと思いはじめていた。なんとかしてあげるというのは、大げさで不遜《ふそん》かもしれない。とにかく、彼に、この大会で、思いきり滑らせてあげたいと思いはじめていた。

アルペンの弱小国から、ワールド・カップに初参加。そのことを考えると、上位を狙うというのは難しいだろう。けれど、少なくとも、本人にとって満足のいくレースをさせてあげたい、日本にきて良かったと思えるような滑りをさせてあげたい。そんな気持ちが、わたしの中に強くわき上がってくるのを感じていた。

けれど、そのことをストレートに伝えたら、彼も、とまどうだろう。わたしは、なにげない話をしながら、ナイフとフォークを使っていた。

「そういえば、なんの種目に出場するの？」

わたしは、きいた。ひとくちにアルペン競技といっても、何種目もあるのだ。彼は、コールスローをフォークにのせながら、

「ジャイアント・スラローム」

と答えた。ジャイアント・スラローム。日本語で言えば、大回転だ。

「その一種目だけ？」

彼はうなずき、

「ジャイアント・スラロームだけ、出場権がとれたんだ」

と言った。今度は、わたしがうなずいた。種目がちがえば、スキー板も変わる。彼が、1セットだけのスキーを持ってきた理由がわかった。


アルペン競技の中で、旗門《ポール》を最も細かくセットして、それをなぎ倒しながら滑るのを回転競技《スラローム》という。一般の人が一番多くテレビなどで見るのが、このスラロームだろう。

スラロームのコースは、男子だと600メートルぐらいの距離。そこに、55から75の旗門《ポール》が細かくセットしてある。そのポールをす早くなぎ倒しながら、速い選手だと、50秒前後でゴールする。

M・Hの出場する大回転は、それに比べると、かなり様子がちがう。コースの距離は、

1500メートルぐらいと長い。そこに、15から30メートル間隔で旗門《ポール》がセットされている。選手は、ポールをなぎ倒すのではなく、どちらかというと、ぎりぎりでかわしながら滑りおりる。滑るスピードも、スラロームより、かなり速い。2本滑って、男子だとトータルで2分20秒前後が優勝タイムになる。

この大回転で要求されるのは主に三つ。その一は、スラロームと同じように反射神経。左右に振ってセットしてあるポールをかわして滑れる反射神経が必要だ。

そして、その二。右に左にポールをかわしながら、1500メートルぐらいの距離を滑り、ゴールするためのスタミナが必要だ。

反射神経とスタミナ。この総合力が要求される大回転が、見ていて一番面白い。

スキーを本格的にやっている人の多くが、そう言う。

実をいうと、わたし自身が、かつて、大回転の選手だったのだ。

そして、大回転で勝つために必要なことの三は、よく滑るスキーだ。起伏しているコースの中には、傾斜がゆるやかな所もある。特にそういう所で、スキーがよく滑るかどうかも勝負の分かれ目になる。

これは、選手の技術プラス、ワックスマンの能力が大切だ。各国のチームには、ワックスの調整をするワックスマンがいる。

そのレースが行なわれるコースの雪質によって、スキーの滑走面に塗るワックスが変わる。しかも、コース・コンディションは、刻々と変わる。たとえば曇っていた空から陽が射してくれば、コースの雪質が変わってしまう。

だから、場合によっては、一人の選手のために、2セットのスキーをスタート地点に用意する場合もある。全く同じスキーに、二種類のワックスを塗ってあるのだ。そして、スタート寸前に、ワックスマンやコーチの判断で、どちらのスキーを使うか決める。そんなこともある。それが、0・01秒を争うワールド・カップの世界なのだ。

けれど、M・Hの場合、ワックスを選ぶ苦労はない。1セットのスキーしか持ってきていないのだから……。それを思うと、少しユーモラスでもあり、同時に、かすかな寂しさが漂う……。

でも、そんなことを考えても仕方がない。わたしは、ことさら明るく、M・Hに話しかけた。彼は、2歳で初めてスキーをはいたという。やがて、ジュニア選手として認められた。去年は、スイス・チームの合宿に特別参加させてもらった。それがよかったのか、今年、このワールド・カップへの参加資格をとることができた。

そんなことを、彼は、シンプルな英語で話した。わたしは、うなずきながらきいていた。窓の外では小雪がちらついていた。

翌日。すでに公式練習がはじまっていた。

わたしと彼は、朝、ロッジを出た。わたしも、滑れるしたくをした。しばらくぶりに、スキーを出す。スキー・ウェアを着込んだ。

パジェロに荷物を載せ、スキー場に向かった。スキー場の一番麓《ふもと》には、選手や関係者たちが泊まっている大ホテルがある。その一階に、大会本部がつくられていた。

本部にいき、M・Hの選手登録をした。ちょうど、大会役員のKさんがいた。わたしも、コース内まで入れるスタッフ・パスをもらった。スキー・ウェアの袖《そで》につける。

わたしとM・Hは、ゴンドラに乗り、上にあるコースに向かった。ゴンドラの中には、出場選手や関係者が多い。すでに大会の緊張感が漂っている。

ゴンドラの終点でおりる。そこから、またリフトに乗りついだ。リフトで、上がっていく。麓とはちがう冷たい空気を、わたしは胸に吸い込んだ。いま雲は切れ、淡い陽が射している。レース用につくられたバーンが見えてきた。

レース用のコースは、いわゆるゲレンデではなく、少し大げさにいえば氷の板なのだ。何日も前から圧雪し、雪の斜面を氷の斜面につくり変えてある。世界トップレベルの選手たちが、0・01秒を争う舞台にしてあるのだ。

いま、そんな公式練習用のバーンが、朝の光をうけている。その輝きは、雪面のものではなく氷そのものだ。ああ、また、ここに戻ってきた……。わたしは、胸の中でつぶやいていた。

練習用のバーンには、仮設のポールがセットされていた。すでに、バーンを滑っている選手たちがいる。それを見ながら何かアドバイスしているコーチたちもいる。闘いは、もうはじまっているのだ。

M・Hとわたしも、練習用のバーンに立った。上から、バーンを眺めた。つぎつぎと、選手たちが滑りおりていく。ゆっくりと滑る選手もいれば、本番のように全速で滑っていく選手もいる。みな、それぞれに、この富良野のバーンのタッチを確かめているのだ。

コースがあいた。

わたしは、M・Hを見た。〈滑ってみれば？〉という表情で彼を見た。彼は、うなずく。ストックを握りなおす。一瞬、息を吸い込む。スタートした。

わたしはコースのスタート地点に立ったまま、彼の滑りを見ていた。彼が滑りはじめてものの6、7秒。〈え……〉と、胸の中でつぶやいていた。彼の滑りが、予想していたよりよかったからだ。

彼は、もちろん全速では滑っていない。初めて滑る日本のバーンを確かめながら、軽く流しているのだろう。けれど、その滑りは、なめらかだった。あまり雪面を削らず、仮設のポールをかわしていく……。

アルペン・スキーの映像などを見て、派手に雪煙を上げてターンしている場面に迫力を感じる一般の人がいるけれど、それは、一種の誤解だ。

派手な雪煙が上がっているのは、スキー全体で、バーンを削っているからだ。それは、ターンのとちゅうで外側にとび出さないように、いわばブレーキをかけていることが多い。あるいは、カーブを曲がりきれなくなりそうなので、ブレーキをかけていることもよくある。

そうして雪煙を上げている時、選手は、スピードをロスしている。1秒の何分の1か、タイムをロスしている。

上位に入ってくるような選手は、あまり雪煙を上げない。できるだけ直線的に、スタートからゴールまで滑り終える選手が、速い。入賞もするのだ。

M・Hの滑りは、そういうタイプだった。無理な力は、どこにも入っていない。なめらかに、雪煙を上げずにバーンを滑りおりていた。

わたしは、自分も、ストックを握りなおす。コースのわきを、滑りおりはじめた。ゆったりとしたペースで滑る。400メートルほど滑ったところに、M・Hがいた。コースのわきに立っていた。わたしは、彼のそばで止まった。

「あなたの滑り、いいじゃない」

わたしは言った。彼は笑顔を見せ、

「ここのバーンは、僕の国のと似てるんだ」

と言った。


その日の夕方。5時過ぎ。わたしとM・Hは、うちのロッジの地下にいた。地下は、スキーの調整などをする場所になっている。父が生きていた頃のまま。スキーのエッジを研いだり、ワックスがけをしたりする道具がそろっていた。

彼は、スキーのエッジを研ぎなおしていた。わたしは、それを手伝っていた。地下室にも、いちおう暖房は入っている。けれど、かなり寒い。わたしは、一階のキッチンにいく。紅茶にブランデーを二、三滴たらしたものをつくった。マグカップを二つ持って、地下に戻った。彼は、

「ありがとう」

と言う。エッジを研ぐ手を休め、紅茶を飲みはじめた。そうしながら、地下室を見回し

ている。そして、

「ずいぶん、本格的なんだな……」

と、つぶやいた。地下室には、わたしが選手だった頃に使っていたスキーが7、8セット残されていた。彼は、それを興味深そうに眺めている。けれど、質問はしてこなかった。紅茶の香りが地下室に漂っていた。

翌日は晴れていた。バーンでの練習を終えたわたしと彼は、大会本部にいった。明日は、大回転の本番。そのスタート順などが知らされるはずだった。

本部にいく。二、三枚のコピー用紙をホチキスでとじたものを渡された。大回転の進行予定や、出場選手のリストだった。

今大会の大回転は、午前中に1本目を滑り、午後に2本目を滑る。その2本の合計タイムで順位を決めるのだ。

出場選手のリストを見る。全部で六七人。その最後に、彼の名前があった。これまでのポイントが高い選手は、スタート順が早い。そして、1位から15位までをシード選手という。

コース設定も書かれていた。1本目は、1495メートル。旗門《ポール》数は54。ポール・セッターは、イタリーのコーチであるK・チェカレッリ。

2本目は、1502メートル。旗門数は、55。ポール・セッターは、オーストリアのコーチであるB・ライヒ。それを見たわたしは、胸の中で〈ほう……〉と、つぶやいた。2本目のポール・セッターであるライヒが気になった。


「ノリ、何か気になることがあるのかい？」

とM・Hがきいた。その日の夕方。うちの地下室。彼とわたしは、スキーにワックスを塗っているところだった。

わたしは手を休める。話しはじめた。ライヒがポール・セッターだとすると、かなり厳しいポール・セッティングになるかもしれない。そのことを、図を描きながら説明しはじめた。

ポール・セッターというのは、旗門《ポール》をセットする人間のことだ。同じコースでも、どんなふうにポールをセットするかで、やさしいコースにも、難しいコースにもなる。

そんな中でも、オーストリアのライヒは独特だ。

彼がよくやるポール・セッティングは、こうだ。コースとちゅうまでは、普通にセッティングしてある。そして、たとえばゴールまであと300から400メートルというあたり。この辺までくると、選手も疲れてきている。そして、コース最後の急斜面。それでなくても、選手は体がおくれそうになっている。その急斜面に、厳しいポール・セッティングをしてある。ポールを大きく左右にふって、セットしてある。

すでに疲労している選手は、左右に大きなターンをしなくてはならない。そこでミスをしてコースアウトする。あるいは転倒する。そんなセッティングを、ライヒはよくやる。スポーツ記者などは、そんなポール・セッティングを〈ライヒの罠《トラップ》〉と書いたりもする。けれど、その厳しいセッティングをこなしてこそ、真のチャンピオンだと言う関係者もいる。わたしは、そんな説明をM・Hにした。彼は、うなずきながらきいている。わたしは話し終わった。彼は、まだ、無言でうなずいている。そして、

「明日か……」

と、つぶやいた。

「……そう。明日が本番」

わたしは、うなずいた。彼は、かすかに苦笑い。

「少し怖いな……」

と言った。わたしも微笑し、

「初めてのワールド・カップなんだから、多少、怖いのは当たり前じゃない？」

と言った。彼は、苦笑したまま、うなずいている。やがて、顔を上げ、わたしを見た。

そして言った。

「ひとつ、質問していいかい？」

わたしは、2、3秒考え、うなずいた。

「君は、アルペンの選手だったことがある？」

彼が、きいた。

「どうして、そう思うの？」

と、わたし。彼は、説明しはじめた。まず、練習バーンでのわたしの滑り。確かに、一般のスキーヤーでは、あの、氷のようなバーンは滑れない。

「それに、いまのポール・セッティングのことも、選手でなけりゃわからないレベルの話だと思う」

彼が言った。わたしは、何秒かして、うなずいた。別に、隠しておく必要はない。

「確かに、わたしは、アルペンの選手だったわ」

まっすぐに彼を見て言った。

わたしは、ここ富良野で生まれた。

歩きはじめると同時にスキーをはいていたという。とにかく、物心ついた時は、スキーで斜面を滑りおりていた。その頃、父は中学校で体育の教師をしていた。同時に、全日本スキー連盟のコーチでもあった。北海道のジュニア・スキーヤーを育てる仕事もしていた。わたしは、小さい頃から、スキーのスピードを怖がらない娘だった。小学校4年の時には、地元の小学生大会で優勝した。中学生になると、父がコーチをしているジュニア・チームに入れられた。

入れられたというより、入ったという方が当たっているかもしれない。わたしは、バーンを滑ってさえいれば、ごきげんだった。おまけに、大会で優勝すれば、父や母が喜ぶ。好物のスキヤキを食べさせてくれる。クラスメイトたちからも、すごいすごいと言われる。いいことだらけだった。雪がありさえすれば、わたしは毎日、スキーの練習をしていた。

当然、わたしの腕は、どんどん上がっていった。高校1年の冬。高校選手権で優勝した。父がスキー連盟のコーチなのだから、当然かもしれないけれど……。この頃になると、スキー連盟の中でも、あの娘《こ》はいけるかもしれないと噂されるようになりはじめていたという。

父は、わたしを大回転の選手にしようと考えていた。わたしも、それを望んだ。せかせかとターンするスラロームより、スピードを出して飛ばせる大回転の方が好きだったし、自分に向いていると思った。

それに、大回転はスラロームに比べると選手の層が薄い。世界に出ていけるチャンスも多そうだった。

高校2年のシーズン。わたしは高校選手権の大回転でまた優勝した。しかも、2位と3秒近い差をつけての優勝だった。このシーズンが終わる頃、わたしは、ジュニア選手として全日本ナショナル・チーム入りした。

あれは、わたしが高校3年になってすぐだった。アメリカにスキー留学しないかという話がもち上がった。USナショナル・チームの下部組織であるスキー・スクールが、特別にうけ入れてくれそうだという。しかも、10月から3月の約半年の間、そのスクールでトレーニングができるという。

ごく短い期間、外国チームと合同練習をやることはある。けれど、半年もの間、むこうでトレーニングがうけられるというのは珍しい。たぶん、父が推《お》してくれたこともあるだろう。

ただし、その留学には条件があった。出発までに英語力をつけるというものだった。半年もアメリカでトレーニングするのだから、当然といえば当然だろう。

わたしは、シーズンオフのトレーニングをしながら、英会話スクールに通った。約半年、必死で英会話の勉強をした。なんとか、日常会話ぐらいはできるようになった。

そして、10月はじめ。わたしはひとり、LA行きの飛行機に乗った。希望と不安を、半々にかかえて……。

スキー・スクールは、ロッキー山脈の麓にあった。全米から、有望とされる若い選手が集まっていた。年齢は、わたしと同じぐらい。17歳から20歳ぐらいだった。みな陽気で、気さくだった。日本からきたわたしを、笑顔で迎え入れてくれた。わたしは、すぐ、スクールの仲間にとけ込めた。

アメリカのコーチは、とにかく、選手の個性をのばすように指導していた。型にはめようとはしなかった。その上で、レースに勝つ選手を育てようとしていた。

この半年間のトレーニングで、わたしは、ひと回り大きくなったと思う。外国人選手と争うことにも気おくれしなくなっていた。

帰国したわたしは、日本のナショナル・チームに戻った。大回転の選手として、つぎのワールド・カップに参戦することが決まった。

ワールド・カップに参戦する、そのことに不安はなかった。アメリカでのトレーニング中も、仲間と、よくワールド・カップの話をしていた。未来の夢としてではなく、現実的な目標として……。

その年の9月。わたしは、ナショナル・チームのメンバーとして、スイスにいた。ツェルマットから登ったところにある氷河。そこで、ワールド・カップ前のトレーニングをしていた。

そして、10月末。オーストリアのソールデン。ワールド・カップ開幕戦。わたしは、大回転に出場した。初めてのレースなので、さすがに緊張した。2本目でコースアウトしてしまった。

そこから、ヨーロッパと北米を転戦する日々がはじまった。フランスのバルディゼール、スイスのウェンゲン、アメリカのアスペン、イタリーのセストリエール、カナダのレイク・ルイーズ……。そして、3月の中旬に、ワールド・カップは幕を閉じた。その年のわたしの成績は、まずまずだった。女子で、しかも大回転という種目を考えれば、上出来といえるかもしれない。

3月末。富良野に帰った。父は喜んでくれていた。無理もないだろう。自分がスキーを教え込んだ娘が、ワールド・カップを転戦する選手になったのだから……。

ところが、いいことは続かない。その年の8月末。父が家の廊下で倒れた。脳血栓だった。病院に運び込んだけれど、3日後に息をひきとった。

もちろん、父の死はショックだった。けれど、わたしには、それを悲しんでいる余裕はなかった。ナショナル・チームの遠征合宿と、2年目のワールド・カップがひかえていた。父の葬儀がすんだ10日後には、ヨーロッパに向かっていた。

飛行機の中で、思った。父は、わたしがスキー選手として活躍することを何よりも願っていた。だから、いまのわたしにできることは、スキー選手としてがんばることなのだと……。

2年目のワールド・カップ。初戦から調子はよかった。オーストリアの大会では、もう少しでシード選手になれそうなタイムを出した。

いま考えれば、それが気負いにつながったのかもしれない。アクシデントは、ドイツのガルミッシュ・パルテンキルヘンで起こった。大回転の2本目だった。1本目にいいタイムを出していたわたしは、2本目、思いきり飛ばしていった。最もスピードがのった第16旗門。ターンしている内足に体重がのってしまった。バランスをくずす。転倒した。転倒したまま、50メートルほどバーンを滑り落ちた。

スキーは両方ともはずれていた。けれど、左足が、変なかっこうにねじれていた。すぐヘリで病院に運ばれた。

わたしの左足首は、複雑骨折をしていた。すぐに、手術が行なわれた。折れた骨は、金属で固定された。2週間後、フランクフルトにあるさらに大きな外科病院に移され、二回目の手術が行なわれた。さらに金属が補強された。

松葉杖《づえ》をついて帰国したのは、もう2月も終わる頃だった。札幌の病院で、慎重な検査をうけた。その結果は、はかばかしくなかった。骨が複雑に砕けすぎている。日常生活には、なんの不便もなくなるだろう。スキーもできるようになるだろう。けれど、ワールド・カップのような激しいレースを闘うのは、もう無理だと宣告された。

それが、約3年前のことだ。スキー連盟の人たちは、もちろん残念がった。後輩の指導にあたってほしいと言われた。わたしは、まだ、その気になれないでいる。心の中で、時計が止まったままなのだろう……。

「まあ、そんなことなの」

わたしは、M・Hに言った。わたしのこれまでを、かなりダイジェストして話し終わったところだった。彼は、うなずく。

「なんか……悪いことをきいちゃったかな……」

と、つぶやいた。

「そんなことないわよ。わたしの周囲は、みんな知ってることだから」

わたしは言った。〈気にしないで〉という笑顔を彼に向けた。

「さあ、それより、ワックスを塗っちゃいましょう。明日は本番なんだから、ゆっくり晩ご飯を食べて、ゆっくり眠らなくちゃ」

〈スタートまで20分！〉のアナウンスが、スタート・ハウスの周囲に流れた。男子大回転、その1本目がはじまろうとしていた。わたしとM・Hは、スタート・ハウスの近くにいた。スタート・ハウスといっても、パイプとビニールで組んだ簡単なものだ。

選手やコーチたちが、スタート・ハウスの周囲にいた。スキー・メーカーのサービスマンたちも、あわただしく働いていた。

きょうは曇り。気温も低めだけれど、風は弱い。レース・コンディションとしては、まずまずだった。気温が低いので、選手の太ももをさすっているトレーナーもいる。自分でストレッチをしている選手もいる。目を閉じ、心の中でポール・セッティングを思い描いている選手もいる。じっと、コースを見おろしている選手もいる。競技前の緊張感が漂っている。

ときおり、ザッという雑音まじりの声がきこえる。フランスやイタリーのコーチが持っているハンディー無線が交信している声だ。コースのとちゅうや、ゴール地点にいるコーチと交信して、状況をきいているのだ。イタリー語やフランス語、ドイツ語や英語などが、あちこちできこえている。

M・Hは、軽いストレッチをしていた。レース用のウェアの上に、風を防ぐアウターを着込んでいる。まだ、ヘルメットもかぶっていない。彼のスタート順は、67番目。まだまだ先だ。

「緊張してる?」

「……いや……。初出場なんだから、ダメでもともとだろう。思いきり飛ばすよ」

と言った。彼の表情に迷いはなかった。わたしは、うなずいた。〈スタートまで、15分!〉のアナウンスが流れた。わたしは、

「じゃ、がんばって」

と彼に言った。彼の肩を叩《たた》いた。彼のそばからはなれた。彼の精神集中《コンセントレーション》のじゃまをしたくなかった。

わたしは、ゆっくりと、コースに沿って斜面を滑りおりた。ゴール地点までおりてきた。ゴールには、大ぜいのギャラリーがいた。報道関係者らしい人たちもいる。カメラマンたちも、望遠レンズをかまえている。

ゴール地点には、大きなスクリーンが用意されていた。そこに選手の姿が映るようになっていた。中継しているテレビの映像と同じものだろう。コースは、1500メートルも

の距離がある。しかも、コースは左右に曲がっている。ゴール地点から肉眼で滑りおりてくる選手が見えるのは、最後の４００から５００メートルなのだ。

　やがて、スクリーンに、１番スタートの選手が映った。フランスの選手だった。大きく息をため込んでいる。スタートを示す電子音がきこえた。選手は、スタート・バーを蹴《け》りバーンに滑り出した。

　カメラが、滑っていく選手をとらえている。画面のすみには、経過するタイムが表示されている。デジタル数字が、めまぐるしく動いている。

　１番スタートの選手は、旗門《ポール》をぎりぎりでかわしながら飛ばしてくる。さすが上位選手らしく、フォームが安定している。ラインどりも上手だ。

　スタートから、ちょうど７００メートルぐらい滑ったあたり。ラップ・タイムをはかる中間計測ポイントがある。１番スタートの選手がそこを過ぎた時、ラップ・タイムが画面のすみに表示された。34秒05を示すデジタル数字。そして、順位がそのわきに表示される。順位は、１番スタートだから、当然〈１〉だ。

　１番スタートの選手は、順調に滑ってくる。やがて、ゴール地点から姿が見えた。ゴールまで４００メートルのあたりに急斜面がある。そこもうまくこなす。ゴール前のフラットな斜面でもスピードを落とさずゴールした。ギャラリーから、歓声がわき上がる。

スクリーンには、ゴールタイム、1分09秒44を示すデジタルの数字、そして順位を示す〈1〉が表示されている。ゴールした選手は、息をととのえながらそれを見る。選手の吐く息が白い。この1分09秒44が、とりあえず、ほかの選手の目標ということになる。

つぎつぎと選手がスタートしていく。15番スタートあたりまでは、みな優勝争いにからむ可能性のある選手だ。5番スタートの選手が、0・21秒の差で1位をうばった。11番スタートの選手が、さらに1秒近い差で1位におどり出た。イタリーの選手だった。ゴールしたとたん、片手をつき上げる。滑りながら、自分がいいタイムを出しているのがわかるのだ。

15番までの選手が滑り終わった。16番からの選手がスタートを切っていく。ここから先は、なかなかいいタイムが出ない。ミスも目立つようになる。ターンでふくらみ過ぎて、旗門不通過。あるいは、転倒する選手もいる。上位にくい込もうとして、実力以上に無理をした結果だ。

40番スタートあたりになると、見ているギャラリーの緊張感が、あきらかにゆるむ。帰ってしまう人もいる。

そして、M・Hのスタートが近づいてきた。64番スタートの選手がゴールした。トップとは3秒以上の差がついている。

やがて、スクリーンに、M・Hが映った。スタート地点。ヘルメットとゴーグルで、表情はわからない。彼は、ストックを握りしめる。そして、スタート・バーを蹴った。

もう、スクリーンを見ている人は少ない。ゴールエリアでは、いいタイムを出した上位選手へのインタビューなども行なわれていた。

わたしは、じっとスクリーンを見ていた。M・Hが、彼らしい、いい滑りをしているのがわかった。しなやかなフォームでポールをかわしていく。ときおり、肩先がポールに当たる。果敢なコースどりをしている。

やがて、中間計測地点を彼が通過した。ラップ・タイムが表示される。そして、順位。〈25〉の数字が表示された。25位のラップ・タイムで、中間計測地点を通過したのだ。ゴールエリアにいた報道関係者の誰かが声を上げた。何人かが、ふり返り、スクリーンを見た。最後の67番目にスタートした選手が、25番のラップ・タイムを出すことは、相当に珍しい。

後半も、彼はいい滑りをした。くせのないポール・セッティングを、うまくこなしていく。最後のフラットな斜面でも、うまくスキーを滑らせる。そして、ゴール。スクリーンにタイムと順位が出た。順位は、〈27〉。ゴールエリアの人たちの間から、軽いどよめきが、起こった。67番目にスタートした選手が、27位のタイムを出したのだ。

彼は、スクリーンを見る。そして、白い歯をみせた。ただし、派手なポーズなどはつけない。ただまっ白い息を吐いている。

わたしは、何も言わず、笑顔で彼と向かい合った。お互い、グローヴをした手で、ハイタッチをした。

「いい滑りだったわ」

「ありがとう」

まだ少し息をはずませて彼は答えた。そこへ外国人記者がやってきた。彼に英語でインタビューする。

「いいタイムだった。自分では、どんなところが良かったと思っている?」

ときいた。彼は、

「ただ、ベストをつくしただけです。このコース・コンディションも自分に合っていた」

と答えた。記者は、うなずいた。一緒にいたカメラマンが、彼にレンズを向け、何回かシャッターを切った。

その30分後。わたしと彼は、ホテルのレストランにいた。大会本部のあるホテル。その二階にある広いレストランにいた。レストランは、選手や大会関係者でにぎわっていた。午後になると、大回転の2本目がはじまる。あまり満腹にしてはいけない。ほどほどに食べておくのが正しい。彼とわたしは、パスタを注文した。それを、ゆっくりと食べはじめた。

とちゅうで、スキー連盟のKさんが、わたしたちのテーブルにやってきた。彼に英語で〈がんばったね〉と言い、握手。コピー用紙を渡してくれた。大回転2本目の出場選手リストだった。

1本目で、30位までのタイムを出した選手が、2本目を滑ることができる。パスタを食べ終えたわたしは、その選手リストをじっと見た。彼は、1本目の滑りで、約四〇人を抜いたことになる。

それは、2本目の滑りに影響するだろうか……。

影響することもありえるだろう。1本目、最後の67番でスタートした彼には、失うものが何もなかった。だから思い切ってコースを攻められたといえないこともない。けれど、1本目で27位につけた彼には、失うものができてしまった。もし、2本目もうまくゴールして30位以内に入れば、ワールド・カップポイントを獲得する。新人選手として、注目をあびるだろう……。2本目で失敗すれば、それを失うことになる。

2本目も、1本目と同じように果敢に滑るのか、それとも、スピードをコントロールして、無事にゴールすることをめざすのか……。その選択をせまられることになったのだ。

窓の外の小雪を眺めている彼に、わたしは言った。

「2本目のポール・セッターは、例のライヒよ。たぶん、罠のようにシビアーなセッティングになると思う。それでも、1本目と同じように、思いきり攻める?」

彼は、わたしを見た。しばらく、わたしを見ていた。

「ノリ……君ならどうする?」

と、きいた。わたしは、微笑した。

「これは、あなたのレースよ。決めるのは、あなた自身」

と言った。彼は、ゆっくりと、うなずいた。また、視線を窓の外に移す。桜の花びらのように落ちてくる小雪を、じっと見つめていた。

2本目が、はじまった。小雪はやみ、淡い陽がバーンに射している。

ポール・セッティングは、やはりライヒらしいものだった。コースの三分の二ぐらいまでは、選手が飛ばせるようになっている。そして、ゴールまであと400メートルから最後の急斜面がはじまる。そこに、難しいポール・セッティングをしてある。四つのポールが、かなり大きく左右にふられてセットしてある。選手にとっては、きついポール・セッティングだ。

1番スタートの選手が、さっそく、その斜面で失敗した。体がおくれ、左右にふられたポールに対応できない。三番目のポールを回りきれず、コースアウト。その選手は、くやしがって、ストックで足もとのバーンを叩いた。

やがて、M・Hが、スタート・バーを蹴った。斜面にとび出した。わたしは、息をつめ、スクリーンを見ていた。

やがて、彼が、中間計測地点を通過した。1本目と、ここまでのラップ・タイムを合計したタイムと順位が表示された。0・48秒差でトップにおどり出た。ゴールエリアで、どよめきが起こった。

彼が、最後の急斜面に姿をあらわした。最初のポールをかわした。その時、わたしには、わかった。彼は、このポール・セッティングに挑《いど》もうとしている。いっさい守りに入らず、思いきり、ライヒのセッティングに挑戦しようとしている。それがわかる滑りだった。最初のポール、つぎのポールは、こなした。やや体がおくれながらも、3旗門目もクリアした。厳しいセッティングは、あとひとつ。それをクリアすれば、入賞の可能性がある。いや、優勝の可能性さえも……。

急斜面最後のポールに彼は突っ込む。カーブの外側へとび出しそうになるのを必死でふんばる。ポールに突っ込んだ。その瞬間、内側スキーの先端が、ポールに引っかかった。ポールを攻めるコースが、ほんのわずか内側へ入り過ぎたのだ。

内側スキーを引っかけて、彼の体は、飛ばされた。派手に転倒した。そのまま、コースわきにはってあるネットまで滑っていく。ポールに引っかけた方のスキーは、はずれている。ネットに引っかかって、彼の体は止まった。スタッフが、彼のところに駆け寄る。けれど、彼は、すぐに起き上がった。ケガはしていないようだった。少し肩を落とし、呼吸をととのえている。白い息を吐いている。彼にとっての富良野は、終わった……。

黄昏《たそがれ》が近づいていた。わたしは、パジェロに彼を乗せ、うちのロッジまで帰ってきた。ロッジの裏にある駐車スペースに、パジェロを入れた。おりようとする彼に、

「ちょっと待って」

と言った。わたしは、エンジンを切らず運転席をおりた。すぐ近くに、モミの木がある。そのそばに積もっている雪。その中からボトルとグラスをとり出した。ボトルは、シャンパン。黄色いラヴェルのヴーヴ・クリコ。それにグラスが二つ。きのう、雪の中に入れておいたものだ。わたしは、それを持って、クルマに戻った。

あたりの気温は、もうかなり下がっている。ヒーターを切らないため、エンジンは、かけっぱなしにしておく。空には、まだ青さが残っている。スキー場には、もう、ナイターの照明がついている。

わたしは、シャンパンのコルクを抜いた。大きな音はたてずに、コルクを抜く。彼とわたし、二人分のグラスに注いだ。淡い金色の泡が立ちのぼる。

「じゃ、あなたが闘ったこの大会に乾杯」

わたしは言った。グラスを合わせる。チンッと小さな音がした。わたしは、グラスに口をつけた。雪の中に入れておいたシャンパンは、キンキンに冷えていた。クルマの中は、ヒーターで暖かい。カーラジオからは、B《ボズ》・スキャッグスのバラードが低く流れていた。

二杯目のシャンパンに口をつけたところで、彼が口を開いた。

「……結局、負けてしまったのに、シャンパンでお祝いしてくれるのかい？」

と言った。わたしは、うなずいた。そして言った。

「確かに、あなたは競技には勝てなかった。けど……敗者ではないわ」

「……敗者ではない？」

「そう……。あなたは、難しいあのライヒのポール・セッティングに、ためらわず挑んだ……。つまり、立ち向かわなければならないものに、きっちりと立ち向かった。ごまかそうとせず、ベストをつくした。そういう人間は、敗者ではないわ。結果は、どうであれね……」

わたしは、きょうのレースを思い出しながら言った。あの最後の急斜面。安全策をとって、その手前でスピードを落とした選手もいた。なんとかゴールすることを考えて……。けれど、彼は、ちがっていた。ただ果敢に攻めた。もし、最後のポールでスキーを引っかけなければ、逆転優勝していたかもしれない。そんな滑りだった。

「……立ち向かわなければならないものに、きっちりと立ち向かった……か」

彼が、つぶやいた。

「そう。ごまかしたり妥協したりせず、きっちりと立ち向かった。あなたは、けして、敗者ではないと思う」

わたしは言った。

「そんな、あなたに、もう一度乾杯」

わたしはグラスを持ちなおす。彼とグラスを合わせた。外では、また小雪がちらつきはじめている。外の気温は、ぐんぐん下がっているだろう。けれど、クルマの中は暖かかった。わたしたちは、ぽつりぽつりと言葉をかわしながら、降っている粉雪を眺めていた。

彼からエアメールがきたのは、4月中旬だった。ワールド・カップは、とっくに終わっている頃だった。

わたしは、ガソリンスタンドにいこうとして、ロッジを出ようとした。郵便ポストをのぞくと、わたしあてのエアメールが入っていた。差出人は、彼だった。見かけない国の切手が貼ってある。わたしは、そのエアメールをダウン・ベストのポケットに入れる。パジェロに乗り込む。

ガソリンスタンドに着いた。給油してもらっている時、運転席でエアメールの封筒を開けた。便箋《びんせん》に、あまり上手ではない英語が書かれていた。

ハロー、ノリ。

元気かい？

富良野では、いろいろありがとう。

僕はいま、オーストリアにいるんだ。

オーストリア・チームの合宿に、特別に参加させてもらっている。

僕を合宿によんでくれたのは、なんと、あのコーチのライヒなんだ。
彼の指導をうけているよ。
君があの時、クルマの中で話してくれたことは忘れない。
日本にいって、本当によかったと思っているよ。
心よりの感謝をこめて。

M・H

それだけの文章が、ちょっと、ぎくしゃくした字で書かれていた。わたしは、その手紙を助手席に置いた。給油を終え、ゆっくりとスタンドを出た。もう、北海道にも春がこようとしていた。積もっていた雪もかなり減った。クルマの窓を開けていると、木々と土の香りが感じられた。

帰ったら、彼に返事を書こうと思った。

〈わたしも、あなたのことは忘れていない〉

〈また会える日を楽しみにしている〉

そんな内容の返事……。そして、今年から、ジュニア・チームのコーチを引きうけたことも知らせようと思った。クルマを走らせている道路に、もう、雪はない。そろそろ、パジェロのスタッドレス・タイヤも履きかえる必要があるだろう。季節は変わる。そして、わたしの中でも、新しい1ページがめくられようとしていた。

わたしは、まっすぐに前を見てステアリングを握っていた。窓から入る風が、髪を揺らしている。カーラジオからは、今井美樹のなつかしい曲〈Bluebird《ブルーバード》〉が流れていた。わたしは、さらにアクセルを踏みこんでいた。

マンハッタンの片すみで

「さて」

とアール。アルト・サックスを持ちなおした。リードに唇をつける。ワン・フレーズを吹いた。舞い落ちる枯れ葉のような、一瞬のワン・フレーズだった。アールは、僕に向きなおり、

「この曲は、なんだ」

と、きいた。店の看板を出そうとしていた僕は、5秒ほど考えるふりをする。曲の、ほんのワン・フレーズ。しかも、アドリブの部分。わかるはずもない。けれど、いちおう、

「〈Misty《ミスティ》〉かな」

と言ってみる。まるでデタラメだ。アールは、褐色の顔の中で白い歯を見せる。

「残念だな。はずれ。〈For All We Know《フォー・オール・ウィー・ノウ》〉さ」

と言った。僕は、苦笑い。

「わかったよ。じゃ、きょうも、あんたの飯代はタダだ」

と言った。このところ、毎日のようにくり返されるやりとりだ。

さらに軽くアルト・サックスを吹いているアールは放っておく。僕は、店の開店準備をはじめようとした。ふと、見上げた空は快晴。街路樹の葉が、明るい朝の陽射しをうけている。人によっては一番美しいというニューヨークの初夏がはじまろうとしていた。

僕は、店に入っていった。といっても、店は、キャンピング・カー。狭い空き地に駐《と》めてあるキャンピング・カーだ。そのキッチン。チリ・ビーンズを煮る鍋《なべ》を、火にかけた。スパイスの準備もはじめる。

ニューヨーク。マンハッタン島の南にあるダウンタウン。その中でもロウアー・イースト・サイドと呼ばれているエリアの片すみ。僕が、チリ・ドッグの店をはじめたのは、今年の4月だ。

キャンピング・カーを使った店舗ということで、市当局からの営業許可がなかなかおりなかった。けれど、2週間がかりの交渉と多少のワイロで、やっと開業できることになった。

木の看板をかねたメニューは、自分でつくった。看板には、まず〈KOWS' CHILI DOG〉の店名(僕のファースト・ネームがコウジなので、KOWS'とつけた。それ以上の意味はない)。

店名のわきに、赤トウガラシの絵を描いた。もちろん、ピリッと辛いチリをイメージさせるためだ。その下には、ドッグや飲み物の値段を書いた。たいした品数はない。簡単なものだ。

毎朝、キャンピング・カーから、折りたたみ式のテーブルとイスを三組出して、外に並べる。テイクアウトしていく客もいるけれど、ここで食べる客もいるからだ。三組のテーブルとイスが全部うまることは、まずない。

だからといって、まるで客がこないわけでもない。はじめに予想していたより、客はくる。その理由は、わりと簡単なものだろう。ニューヨークには、世界中の人種や食べ物が集まっている。けれど、メキシカン・テイストのものは、あまりないのだ。

さらに、場所の問題もあるようだ。

ここロウアー・イースト・サイドは、超高層ビルが並ぶビジネス街ではない。マンハッタンの、文字通りダウンタウン。昔は、プエルトリコなどからの移民が多かった所だ。けれど、いまでは再開発が進んでいる。古い建物の間に、先端的なブティック、インテリア・ショップ、ギャラリーなどがつくられている。そんな店の連中が、もの珍しさも手伝って、よく、僕のチリ・ドッグを食べにくるようだ。

ただ、ひとつだけ、自負していることがある。僕がつくるチリ・ドッグは、本場のものに近い。その材料選びやつくり方は、メキシコにいた頃に身につけたものだ。

午前10時半。きょう最初の客がやってきた。マージという中年の白人女性だ。2ブロック先にあるギャラリーのオーナーだ。いつものようにチリ・ドッグをテイクアウトしていった。これからギャラリーを開けるのだろう。

つぎの客は、アイリッシュ系のダンという若い男だ。1ブロック先にあるアンティーク・ショップの店員。陽気な男だ。すみのイスに腰かけてアルト・サックスを磨いているアールと、にぎやかに大リーグの話をしながら、チリ・ドッグを食べていった。

そんな感じで、ぽつぽつと客はやってくる。近所の店やオフィスで働いている人間が多い。

彼女がきたのは、午後1時を20分ほど過ぎたところだった。彼女は若い日系人だった。僕もそうだけれど、このあたりで日系人を見るのは珍しい。

だから、彼女のことは、よく覚えている。僕の店にくるのは、この10日間で四回目ぐらいだろう。年齢は、25歳か26歳。僕と同じぐらいに見える。

いつも、ぴっちりとしたストレート・ジーンズをはいている。足もとは、こげ茶色のローファーだ。きょうは、Tシャツの上に、コットンのブレザーを着ている。シンプルなショルダー・バッグを肩にかけている。

まっすぐな黒い髪は、まん中で分けて、肩のあたりで切り揃えてある。メイクは、ほとんどしていないように見える。もしかしたら、目立たない程度にしているのかもしれない。薄いピンクの口紅だけは、つけているのがわかる。

彼女は、背筋をのばして歩いてくる。明るい微笑を見せ、

「ハイ」

と言った。僕も、微笑し、うなずき返す。お客がきたのだから当たり前だ。彼女は迷いを見せず、

「チリ・ドッグとアイス・ティー。ここで食べていくわ」

と言った。これまでと同じオーダーだった。僕は、

「オーケイ」

と言い、キャンピング・カーに入った。調理をはじめた。たいていのホットドッグ・スタンドでは、ソーセージは、あらかじめ茹《ゆ》でておく。それを保温しておく。だから、オーダーがきたら10秒で出せるのだ。けれど、僕は、オーダーがきてから、煮立たせておいた

湯にソーセージを入れる。当然、できるまで4、5分はかかる。けれど、味は、かなりちがう。

もちろん、さばける客の数は多くない。けれど、それはそれでいい。僕は、チリ・ドッグでビルを建てようとは思っていない。

彼女のチリ・ドッグができた。僕は、それを飲み物と一緒にトレイにのせる。彼女のテーブルに運んだ。彼女は、読んでいた雑誌を閉じ、チリ・ドッグを食べはじめた。僕は、となりのテーブルを拭《ふ》きながら、

「この近くで仕事をしてるの?」

と、きいた。彼女は、うなずいた。

「ここから西に3ブロックいったところにあるデザイン・スタジオよ。通りの角にあって、一階が〈Rin's《リンズ》〉っていうドラッグ・ストア」

と言った。僕は、うなずいた。チャイニーズの練《リン》が家族でやっているドラッグ・ストアは、昔からある。

「デザイン・スタジオ? ファッションか何かの?」

彼女は、首を横に振った。

「主に店舗のデザインをするの。レストラン、コーヒー・ショップ、デリカテッセンとか、

たまにはブティック……。でも、うちは、飲食関係の店がほとんどね」

と彼女。

「面白そうな仕事に思えるけど」

と僕。彼女は苦笑い。

「ちょっとアウトラインだけ話すと、そうとられるけど、実際は、そんなことないわ。うちは小さなスタジオだから、くる仕事も、たいしたことはないの。げんに、いまやってる仕事も、フライドチキンの店の改装デザインよ」

と言った。このマンハッタンで一人前の仕事をしている女性にありがちな気負いが、ひとかけらも感じられなかった。なかば自分に向けたような微苦笑が、僕の心に残った。

それからも、彼女は僕の店にやってきた。1日おきぐらいのペースだった。1時過ぎにくることが多かった。ちょうど、ランチタイムの客たちがいなくなった時間帯だった。彼女はテーブルにつき、ゆっくりとチリ・ドッグを食べた。

街路樹の若葉を眺めながら、僕らは、何気ない話をした。そんなとき、アールは、気をきかせたつもりか、どこかへ姿を消すのだ。

ゆっくりとだけど、僕と彼女は知り合っていった。彼女の名前は、エミ・アーヴィング・ウエダ。友達や仕事仲間は、エミーと呼んでいる。僕と同じ日系五世。子供の頃から絵を描くのが好きだった。ニューヨークのハイスクールを卒業したあと、ロサンゼルスのアート・スクールに進学した。メキシカン・フードの味は、そこで覚えたという。アート・スクールを卒業し、ニューヨークに戻った。パッケージ・デザイナーになろうとしたが、現在は、店舗デザインの仕事をしている。

そんなエミーのこれまでを、僕は少しずつ知りはじめていった。

しばらくすると、エミーは、夕方にもやってくるようになった。午後5時頃、6時頃、そんな時間帯に、やってくるようになった。きけば、同僚のデザイナーがやめてしまって、仕事が急に忙しくなったのだという。午後6時、チリ・ドッグを食べながら、

「今夜は、10時頃まで仕事よ」

と言いながら苦笑していた。

あれは、季節が本格的な夏に変わろうとしている頃だった。夕方の5時半。

「じゃ、おれは仕事にいくよ」

とアール。いつものように言った。アールは、ヴィレッジにあるジャズ・クラブで仕事

をしている。といっても、ミュージシャンとしてではない。ウエイターとして働いているのだ。

若かった頃のアールは、アルト・サックスのプレーヤーとして、いくつかの店で演奏をしていた。それは、僕も子供心に覚えている。けれど、時代は変わる。しかも、ここはニューヨークだ。若いジャズ・プレーヤーは、つぎつぎとあらわれる。アールが演奏できる店は減っていき、そして無くなった。

いま、50歳を過ぎたアールは、以前演奏していた店で、ウエイターとして働いている。けれど、僕はそのことには知らぬそぶり。夕方になると、

「じゃ、がんばりな」

と言って見送っている。

その日も、僕は仕事にいくアールを見送った。ふと空を見上げる。いつもならまだ青さの残っている空が暗い。グレーの雲がおおいはじめていた。

6時になる頃、エミーがやってきた。彼女も空を見上げ、

「雨が降ってきそうね」

と言った。僕がうなずいたとき、最初の雨粒がポツリと落ちてきた。すぐに、バラバラと大粒の雨が降りはじめた。僕とエミーは、急いでキャンピング・カーに入った。プラス

チックのテーブルやイスは濡《ぬ》れてもかまわないので放っておく。

キャンピング・カーの中には、チリ・ビーンズの香りが漂っていた。エミーは、珍しそうに、あたりを見回している。

「こういうクルマは初めて?」

僕がきくと、彼女は、うなずいた。このクルマは、キャンピング・カーとしてはスタンダードなものだろう。もちろん、運転席がある。助手席もある。冷蔵庫、キッチン、トイレ、そして、折りたたみ式のベッドなどなど……。二人、あるいは夫婦プラス子供二人ぐらいで使うことを想定してつくられているようだ。

「これは、どこのメーカーのもの?」

と彼女。

「メーカー名は、長ったらしくて覚えられないんだけど、自分で勝手に名前をつけたよ」

「どんな?」

「ライナス」

「……ライナス? なんか、コミックの登場人物みたい。ほら、スヌーピーが出てくる」

とエミー。僕は、微笑し、うなずいた。

「まあ、そんなところだ」

と言った。

「ところで、チリ・ドッグを食べにきたんだろう?」

「そう」

「じゃ、ここで食べればいい。いまつくるよ」

10分後。僕らは、小さなテーブルでチリ・ドッグを食べていた。助手席を回転させると、ひどく狭いけれど、テーブル・セットができるのだ。窓の外では、あい変わらず、激しい雨が降っている。雨は、まだしばらく続きそうだった。もう、客はこないだろう。僕は、瓶のコロナビールを飲みながら、チリ・ドッグを食べていた。エミーは、いつも通り、アイス・ティーでチリ・ドッグを食べている。彼女は、ゆっくりと食べながらも、キャンピング・カーの中を、さりげなく見回している。やがて、

「このクルマに、長く乗ってるの?」

と、きいた。僕は、ビールに口をつけたまま、うなずいた。

「もう、8年以上になるかな」

「……これで、旅をしたの?」

僕は、うなずいた。

「どこを?」

「あちこち……。カリフォルニアにもいったし、メキシコにも……」

「じゃ、チリ・ビーンズの味つけは、メキシコで?」

と彼女。僕は、うなずいた。

「それで本格的な味がするのね……。あなたのチリ・ドッグを食べると、LAにいた頃を思い出すわ。アート・スクールに通っていた頃を……」

彼女は言った。過ぎた日をなつかしむ口調だった。僕は、二本目のコロナを冷蔵庫からとり出した。キャップを開け、口をつける。

「3年」

と言った。

「3年?……」

「メキシコに、3年いたんだ。チリ・ビーンズの味つけぐらいは覚える」

僕は言った。彼女は、うなずき、

「口数が少ないのね……」

つぶやくように言った。

「たかがチリ・ドッグ屋だから……。語るべきことは、あまりないよ」

苦笑しながら、僕は言った。彼女は、無言。僕の顔を正面からじっと見つめている。何か言いたそうだった。けれど、それ以上は何も言わなかった。窓の外では、まだ、強い雨が降っている。CDラジカセからは、N《ノラ》・ジョーンズの曲が静かに流れていた。

それは、真夏のことだった。

普通だと、マンハッタンの夏は暑い。けれど、その夏は、それほどでもなかった。そこその気温が続いた。水曜の午後7時頃。エミーがやってきた。その日も、まだ仕事が残っているという。

彼女は、僕の店でチリ・ドッグを食べる。

「これから、まだ2、3時間は仕事よ」

と言った。席を立つ。仕事場の方へ歩いていく。僕は、うなずいて見送った。

女の悲鳴がきこえたのは、彼女の姿が見えなくなって、ものの数秒後だった。僕は、もう走り出していた。建物の角を曲がった。20メートルぐらい先の歩道。人と人とが、もみ合っていた。痩《や》せた白人男が、彼女のショルダー・バッグを引ったくろうとしていた。僕は、そばに駆け寄った。男のシャツのエリ首をつかむ。思いきり後ろに引いた。男の手が、彼女のバッグからはなれる。僕は、男の顔面を殴りつけようとした。が、拳《こぶし》は耳のあたりに当たった。それでも、男はよろけて、尻《しり》もちをついた。すぐさま立ち上がり逃げ出そうとした。彼女も、歩道に転んでいた。僕は、男を追いかけず、彼女のそばにいく。

「大丈夫か⁉」

と声をかけた。彼女は、うなずいた。僕が手をかし、ゆっくりと立ち上がらせた。ケガはしていないようだった。服も破れたりはしていない。

彼女の携帯電話で、警察に通報した。5、6分でポリス・カーがきた。制服警官が二人おりてくる。まず、現場で簡単な説明をする。そして、警察の分署にいった。被害届けを出す。犯人の特徴を話した。けれど、あたりはそろそろ薄暗くなっていた。僕も彼女も、犯人の人相をほとんど覚えていない。身長も、彼女は、180センチぐらいと言い、僕は、175センチぐらいと言った。これでは、犯人はまずつかまらないだろう。警官は、

〈とにかく、なんの被害もなくてよかった〉

と言った。

その1週間後だった。彼女が、僕を夕食に誘った。あの一件の感謝ということだろうか。彼女の部屋で、何かつくってくれるという。断わる理由はない。チリ・ドッグの毎日にも飽《あ》きてきていた。

3日後。日曜。夕方の5時半。僕は、彼女の部屋に向かった。仕事着のすり切れたジーンズではなく、もう一本の、ましなジーンズをはいた(僕は、ジーンズを二本しか持っていない。キャンピング・カーは、収納スペースが狭いのだ)。

とちゅうでリカー・ショップに寄り、カリフォルニア・ワインの赤を一本買った。その紙袋を持って地下鉄に乗った。四駅乗っておりる。地上に出た。彼女が描《か》いてくれた地図通りに歩く。並木のある静かな通り《アヴェニュー》を3分ほど歩く。小さなデリカテッセンのある角を曲がる。ベージュの外壁のアパートメントに着いた。想像していたより高級なアパートメントだった。

エレベーターで六階に上がる。602号室のドアをノックした。エミーがドアを開けた。笑顔を見せた。花柄のサマー・ドレスを着ている。僕も笑顔で、

「タキシードを着てくるつもりだったんだけど、いまクリーニング中なんだ」

と言った。ワインを彼女に渡した。

部屋に入る。予想していたより広い。シンプルなインテリア。窓からは、夏の黄昏《たそがれ》の陽射しが入っていた。テーブルにあるグラスやフォークが光っていた。僕が、部屋の広さに意外な表情をしている……。そのことに気づいたのだろう。彼女の方から、

「2年前まで、結婚していたの」

と言った。僕は、うなずいた。テーブルについた。彼女がスモークサーモンと白ワインを出してきた。僕らは、とりあえず、冷えた白ワインで乾杯した。スモークサーモンにレモンを絞りかけながら、彼女が自分から話しはじめた。

彼女は、21歳のときに結婚したという。相手は、白人。かなり稼ぐカメラマンだったらしい。結婚生活は、順調に思えた。けれど、3年後、夫に新しい女ができたという。

「相手は、20歳。……つまり、彼は、若い女が好きでたまらない男だったのね……」

と彼女。苦笑しながら、ワイン・グラスを口に運んだ。話を続ける。彼女と亭主は協議離婚。夫は、慰謝料として、このアパートメントを彼女に残し、去ったという。

「離婚の話を切り出されるまで、彼に新しい女ができたのに気づかなかったんだから、わたしも、とろいわよね……」

とエミー。また苦笑した。僕は、スモークサーモンを口に入れ、白ワインを飲んだ。特に何も言わなかった。離婚そのものは、アメリカでは、いつでもどこにでもある。まるでマヨネーズやケチャップのように。

ムール貝をイタリー風に料理したものを、彼女が出してくれた。僕らは、白ワインを飲みながら、それを食べた。うまく料理されていた。僕がそれを言うと、彼女は、

「ありがとう」

と笑顔を見せた。ロサンゼルスにいた頃、イタリー系の女子学生がルームメイトだったという。そのルームメイトに、イタリー料理をいろいろと教わったらしい。僕は、うなずきながらフォークを動かしていた。

「わたしのことばかり話してるみたい。あなたのこともきかせて。あの〈ライナス〉のことや、旅のことも」

彼女が言った。

「話すことなんて、何もないよ。ただの、チリ・ドッグ屋さ」

と僕。彼女が、僕を睨《にら》みつけるふり。

「ウソ。そうやってごまかしてばっかり。ちゃんと話してくれないと、デザートのチェリー・タルトは、おあずけよ」

と言った。僕は、苦笑い。もともと、甘いものはそれほど好きではない。それでも、

「わかったよ……」

と言った。

僕らは、ラザニアを食べながら赤ワインを飲んでいた。赤ワインも、もう半分以上なくなっていた。ひさびさに飲んだワインが、僕の口を少し軽くしたのかもしれない。僕は、

右手にワイン・グラスを持ち、話しはじめた。たそがれていく窓の外を眺めながら、ゆっくりと……。

僕は、マンハッタンからイースト・リバーをへだてたブルックリンで生まれた。日系四世の父は、腕のいい大工だった。アメリカでは大工はいい収入になる仕事だ。

けれど、僕が2歳のとき、父は仕事中に大ケガをしてしまった。左足をひきずるような後遺症が残った。大工としての仕事は、他人の手伝いぐらいしかできなくなってしまった。

当然、収入は大幅に減る。それがきっかけになり、父と母の仲は、どんどん険悪になっていった。家の中を、どなり声や食器が飛びかうようになった。僕は、ただ茫然《ぼうぜん》と、そんな両親を見ていた。父は、深酒をするようになった。仕事にいかない日も多くなった。

ある日、母が姿を消した。アルコール依存症の父と、息子を捨てて、どこかへ姿を消した。けして明るい話ではないので、僕は、つとめて淡々と話す……。

父はもう、アルコール依存症患者のための病院に入れなければならない状態だった。そして、入院させられた。

僕は、マンハッタンのロウアー・イースト・サイドにいる祖父にあずけられた。祖父は、小さいながらも、グローサリー・ストアー、つまり食料品店をやっていた。肉や魚は売っていない。野菜、果物、そしてパスタや缶づめなどを売っていた。店は二階建てで、二階が住むための部屋になっていた。

　祖父は、ひどく無口な人だった。けれど、情のない人間ではなかった。その頃、ジャズ・プレーヤーとして仕事をしていたアールが、すぐとなりのアパートメントに住んでいた。アールは、いつも金に困っていた。そんなアールに、祖父はいつもツケで食料品を分けてあげていた。

「じゃ……いま、キャンピング・カーのある、あそこに、おじいさんの食料品店があったの？……」

　エミーが、きいた。僕は、うなずいた。

「ひどく古ぼけた二階家だったよ。冬になると、すきま風がつらかった」

　僕は、苦笑しながら言った。ニューヨークの冬は寒い。カナダを突っ切って吹き込む冷たい風。僕の部屋は、すきまだらけだった。ベッドの中で毛布にくるまり、体を丸めていたのが、少年時代の記憶として消えない。

　日系人の少ないこのロウアー・イーストで僕は、どちらかというと口数の少ない少年として育っていった。店の手伝いは、ときどきした。

　僕が、あと半年でハイスクールを卒業するという冬、祖父が死んだ。もともと、1、2

年前から体調をくずしがちだった。肺炎を悪化させて、あっけなく死んでしまった。

祖父は遺言を残していた。住んでいた建物と土地は、孫の僕に譲られる。そして、日本円にすると200万円ぐらいになる生命保険のうけとり人も、僕になっていた。体調をくずすことが多くなった頃、祖父なりに僕のことを考えていてくれたのだと思う。

ハイスクール卒業が近づいたとき、僕は一台のキャンピング・カーを買った。すでにかなり年月のたった中古だった。そのキャンピング・カーを、僕は、祖父の保険金で買った。

とりあえず、ニューヨークを離れてみたかった。別に、放浪者を気どろうと思ったわけではない。ただ、できれば暖かいところを、ゆっくり旅してみたかっただけだ。新しい相棒になったキャンピング・カーには、〈ライナス〉とニックネームをつけた。

「ライナスって、あの、コミックのライナスでしょう？」

「そう。あの、ライナス。いつも毛布を持ってる……」

「その理由は？」

「……小さい頃、そう……7、8歳の頃の自分を思い出すと、ライナスみたいだったと思うんだ。なんか、いつも、とほうにくれてる感じがして……」

僕は言った。頭上をとびかう父と母のどなり声。そして、飛びかう皿やコーヒーカップ、たまには植木鉢。そんな家の中で、ただ、どうしていいかわからず、茫然《ぼうぜん》としていた……。

そんな子供の頃の自分は、キャラクターとして、ライナスに似ていたような気がする。

「だから、コミックの中でも、ライナスには特別な親しみを感じてたな……」

「それで、クルマに、ライナスっていうニックネームを？」

と彼女。僕は、ワインを飲みながら、うなずいた。

「なるほどね……。いまの、芯《しん》の強そうなあなたを見ていると、その子供時代は想像できないけど……。で、ニューヨークを出て、どこにいったの？」

「とりあえず、暖かいところにいきたくて、フロリダに向けて南下したよ」

思い出しながら僕は言った。フィラデルフィア、ノースカロライナ、サウスカロライナ、ジョージア……。

「毎日、ライナスに泊まって？」

「基本的にはそうだけど、ときどきモーター・インに泊まったり……。どこかの店でバイトするときは、店の近くにライナスを駐めて……」

「バイトもしたの？」

僕は、うなずいた。だいたい、ニューヨークを出るとき、600ドルしか持っていなかったのだ。けれど、皿洗いやファースト・フード店のバイトなら、簡単に見つかった。ヒッチハイカーに比べれば、キャンピング・カーで旅している青年というのは、安心される。

僕は、持ち金がなくなると、バイトをしては、旅を続けていた。

フロリダは、意外に退屈なところだった。僕は、西に向かった。アラバマ、ルイジアナ、テキサス……。20歳《はたち》の誕生日は、ニューメキシコのアルバカーキでフライドチキンを揚げていた。

「そんな旅のとちゅうで、恋をしたり、しなかったの？」

と彼女。僕の皿にラザニアをとってくれながらきいた。僕は、苦笑い。

「……まあ、多少の火遊びはあったけど、それだけだよ。ひとつの場所に、長くても1、2ヵ月しかいないわけだし……」

僕は言った。エミーの眼が、じっと僕を見つめている。〈それだけ？〉と、たずねるように……。たぶん、彼女が思っていることは、かなり当たっている。子供だった頃の体験が、僕の心に影を落としている。父と母のどなり合う声が、ある日突然に家を出ていった母のことが、僕の中にはっきりとした後遺症を残している。男と女の愛情というものに対する不信感として、僕の中に存在し続けている、そのことは疑いようがないだろう。ハッピー・エンドの恋愛映画を観《み》るたびに、心の中で、〈いずれは、ダメになるんだから〉と、皮肉っぽくつぶやいている自分がいる。

「西海岸は、予想通り、よかったな」

僕は、無理やり話を変えた。カリフォルニアで感じた開放感について話していた。エミーも、僕の気持ちをさっしたのか、LAの話にのってきた。お互い、知っている通りや店の話をして、雰囲気がなごんだ。

「で、メキシコには、どうしていったの？」

「まあ……正直なところ、ただの好奇心かな……」

僕は、答えた。それは本当だった。けれど、予想していた以上に、僕はメキシコに引き込まれてしまった。その理由は、まだ、うまく整理できていない。人々の陽気さ、気どりのなさ、料理、音楽、風景、そのすべてが、チリ・ビーンズの煮物のようになって僕の中にある。

はじまりは、国境をこえて、ティファナを過ぎて、しばらく走ったところにあるエンセナダという町だった。まだ国境から近く、アメリカ人観光客の多いリゾートだった。そこにあるメキシコ料理店で、僕は働きはじめた。その店は、アメリカ人の客が多かったので、英語の話せるウエイターが欲しかったのだ。

そんな理由で、僕は、その店で働きはじめた。店のオーナーは性格のいい男だった。英語が話せる僕に、よくしてくれた。僕は、そこで働きながら、二つのことを覚えた。一つはメキシコ料理。もう一つは、スペイン語だ。

その店の居ごこちはよかったのだけれど、僕は、5ヵ月ほどで、エンセナダを発《た》った。

一ヵ所に定住したくないという思いが強かった。

また、メキシコを旅しはじめた。かたことのスペイン語ができるようになっていたので、旅は、だいぶ楽になっていた。いく先ざきで、レストランのバイトをした。ふと気づくと、メキシコにきて3年が過ぎていた。そろそろアメリカに戻ろうか……そう思ったとき、ちょうど、きっかけになることが起きた。

「きっかけ？……」

「ああ。ユカタン半島の小さな町のレストランでバイトをしているとき、そのレストランのオーナーの奥さんと火遊びしちまってさ」

「あらら……。で？」

「しかも、それが、オーナーのダンナにばれて」

「それで？」

「急いで逃げ出したよ。そのダンナが拳銃を握ってとび出してきて、走りはじめたクルマに向けて撃ったよ」

と僕。〈ライナス〉の車体の後ろには、いまも、二発の弾痕《だんこん》が残っている。

「とりあえず、メキシコにいるのは危ないんで、またアメリカに戻ったよ」

カリフォルニアに戻り、また、ゆっくりと旅を続けた。今度は、きたときと逆に、西から東へ。ニューヨークに向かって、バイトをしながら移動しはじめた。

「飛び出したニューヨークに、また戻ろうと思ったの？」

「まあね……。もともと、ニューヨークって街が嫌いだったわけじゃなくて、冬の寒さがつらかっただけだから」

また苦笑しながら、僕は言った。

僕がニューヨークに着いたのは、今年の3月はじめ。そろそろ、冬の寒さがやわらぐ頃だ。あらためて数えてみれば、19歳でニューヨークを出てから、もう7年が過ぎていた。

ニューヨークに、〈ライナス〉で着いた。ロウアー・イーストに戻ってきた。そして、驚いた。僕が住んでいた建物が、なくなっていたのだ。一階がグローサリー・ストアーで二階が住みかだった建物が、きれいさっぱりなくなっていた。

ビルとビルの間に、四角い空き地ができている。地面は、ひび割れしたコンクリートだ。僕は、とりあえず、その空き地に、〈ライナス〉を入れて駐めた。となりにある七階建てのアパートメント。その二階には、アールが住んでいるはずだった。古めかしいアパートメントの二階。ドアをノックした。

アールは、いた。僕の姿を見ると、涙をうかべて手を握った。アールにきけば、事情はこうだ。うちの建物は、ニューヨーク市当局から、倒壊のおそれがあると指定され、とりこわされることになった。

そして、2年前、強制的にとりこわされた。アールは、僕に連絡をとろうとした。けれど、〈ライナス〉で旅をしていた僕に連絡はつかなかった。そういうことらしい。僕は、アールの話に、うなずいた。確かに、とりこわされても仕方ないほど古い建物だった。

とりあえず、僕は、空き地に駐めた〈ライナス〉で寝泊まりをはじめた。空き地とはいえ自分名義の土地なので、電気をひくことはできた。キャンピング・カーには、プロパンガスの設備もある。シャワーとトイレは、アールの部屋のものを使わせてもらう。そうして、僕はまたニューヨークで暮らしはじめた。

それは、暮らしはじめて4日目のことだった。僕は、〈ライナス〉の中で、昼飯用にチリ・ドッグをつくっていた。その匂いをかぎつけてアールがやってきた。アールにも、チリ・ドッグを食べさせた。

あっという間にチリ・ドッグを食べたアールは、〈これはいけるよ、コウジ〉と言った。〈これなら、商売になるぜ〉と言った。そうか……その手があったか、と僕は思った。実際問題、住みかには困らないけれど、生活費を稼ぐ必要があった。

「まあ、そんなわけで、チリ・ドッグ屋を開店したわけ」

僕は、エミーに言った。赤ワインでノドを湿らせた。窓の外は、もう暗くなっていた。いつの間にか、エミーが、テーブルのローソクに灯《あか》りをともしていた。やがて、僕らは、彼女が淹《い》れてくれたエスプレッソを飲みながら、E《エリック》・クラプトンのCDを聴きはじめた。ぽつりぽつりと言葉をかわしながら……。

恋愛映画なら、そのままキス・シーンになるのだろうか。もしかしたら、男が泊まっていくところまで発展するのかもしれない。

けれど、僕らの場合は、そういう展開にならなかった。エスプレッソを飲み、チェリー・タルトを（僕は少し）食べ、クラプトンのCDを三枚聴いて、僕は彼女の部屋をあとにした。ドアのところでは、にこやかに握手をして……。

それからも、僕は、彼女のアパートメントにいった。そう、2週間に一度ぐらいのペースで。彼女も僕も仕事が休みの日曜がほとんどだ。

アールは、いち早く、そのことに気づいたようだ。エミーが、営業中のチリ・ドッグ屋にくると、そそくさと姿を消す。彼女がチリ・ドッグを食べて帰る。僕は、斜め上を見る。

すると、アパートメントの二階の窓。アールが、窓わくにヒジをついて、こっちを見おろしている。濃いチョコレート色の顔から、ニッと白い歯を見せ、親指を立ててみせる。下におりてきては、

「いい娘《こ》じゃないか、明るくて」

と言う。僕の肩をポンと叩《たた》く。アールは、彼女と僕が、相当に深い仲になっていると思っているようだ。

けれど、アールの想像は、はずれている。僕は、彼女がつくるイタリー料理が美味《うま》いことを知った。彼女が、E・クラプトンとS《シエリル》・クロウを好きなことを知った。ハッピーエンドの映画やドラマしか観ないことも知った。

でも、僕の唇は、彼女の唇を知らない。いつも僕らは、軽い握手をして別れる……。おたがい、男と女として意識しているのは、わかっている。そして、なぜ、あと一歩ふみこまないかも、わかっている。ふみこまない……いや、ふみこめない……。その理由は、簡単だ。僕も彼女も、男女の関係に、一種のアレルギーのようなものを持っているのだ。僕は、子供の頃に体験した、恐ろしいほどの両親の不仲に、そして、何も言わずに出ていった母によって……。彼女は、3年で破局した結婚生活によって……。

メキシコでは、さまざまな種類の唐辛子（チレ）を使う。その中でも、ハバネロという

唐辛子は、特別に辛い。メキシコ人は、これを平気で料理に使ったりもする。けれど、このハバネロが大量に入った料理を、普通の観光客が食べてしまったりすると、とんでもないことになる。口の中や胃が、火傷《やけど》をしたような状態になる。それを一度体験した観光客は、メキシコ料理に手を出しづらくなる。

僕と彼女は、その状況に似ているかもしれない。ハバネロを、もろに食べてしまった観光客が、メキシコ料理に手を出すのをためらうのに似ているのだろう。あまりの辛い体験が、トラウマになってしまっているのだろう。

そうしているうちにも、季節は変わる。ニューヨークの夏が終わろうとしていた。消火栓を勝手にあけて水浴びしている子供たちがいなくなった。ショートパンツで歩いている人が減り、街角に貼られたポスターにはブーツが登場しはじめていた。ビルとビルの間をスルーしていく風が、ひんやりとしはじめていた。

そんなある木曜のことだった。いつものように、彼女が、チリ・ドッグを食べにきた。そして、チリ・ドッグ片手に、

「ちょっと相談があるの」

と切り出してきた。

その話は、こうだ。彼女が勤めているスタジオで、いま、店舗のデザインをやっているという。36丁目に、新しいビルができる。その一階には、四つの店舗が入る予定だという。三つまでは、もう決まっている。彼女のスタジオで店舗デザインをはじめているという。残りの一店舗、ビルのオーナーは、ファースト・フードの店にしたいと考えているらしい。上がオフィス・ビルなので、そこで仕事をしている連中をお客として想定しているらしい。

「いま、そのオーナーは、大手のハンバーガー・チェーンなんかに当たってみてるようだけど、そこで、わたし、考えたの」

と彼女。早い話、僕のチリ・ドッグの店を、そこにどうかと思ったらしい。

「この店が、ビルのテナントに？」

僕は、きいた。彼女は、笑顔で、うなずいた。

「もしそうなれば、売り上げは何倍にもなるわ」

と彼女。実は、もう、ビルのオーナーに話をしてしまったという。オーナーはチリ・ドッグ屋に興味を示しているらしい。そのビルから1ブロックもはなれていないところに、マクドナルドがあるということも関係しているようだ。

「でも、チリ・ドッグなら面白いかもしれないって、相当に興味を示してるわ」

彼女は言った。僕さえかまわなければ、明日にでも、そのオーナーを、味見に連れてきたいと言った。

結局、僕は翌日、そのオーナーに会うことになった。ビルに入ることなど、考えたこともなかった。けれど、彼女があまり熱心なので、とりあえず、そのオーナーに味見させることをOKしたのだ。

翌日。午後2時過ぎ。彼女と、男が二人、やってきた。男の一人は、50歳ぐらいだろう。やや太った白人。髪は薄くなりかけている。濃紺のスーツを、きっちりと着込んでいる。ホルツと名のった。ドイツ系らしい。

もう一人の白人は若い。どうやらホルツの部下らしい。

彼女が、ホルツに僕を紹介した。ホルツは、僕の店を、ゴミためを見るような目つきで眺め、僕を、ゴミを見るような目で見た。

確かに、僕は、きれいな身なりはしていない。はいているジーンズは、ところどころ破れている。着ているネルのシャツにも、調理中についた汚れがある。ホルツは、なかばあきれた表情で、店と僕を眺めた。彼の想像とは、大きくかけはなれていたらしい。それに気づいたエミーが、

「とにかく、ここのチリ・ドッグは美味《おい》しいんです」

と言った。彼らにプラスチックのイスをすすめた。僕は、〈ライナス〉に入る。湯に、ソーセージを入れた。キャンピング・カーの窓の外から、彼らとエミーの会話がきこえる。

「あいつはヒッピーか？」

とホルツの声。ヒッピー？　古めかしい。僕は、むかつきながらも、心の中で嗤《わら》ってい
た。ホルツは、いらついた口調で何か言っている。その断片、

「私のビルをスラムみたいにする気はないんだ」

と、きこえた。僕は、冷蔵庫から、唐辛子のハバネロをとり出した。特に辛いのが好きな客には、少し刻んで、チリ・ドッグの味つけに使うハバネロだ。僕は、それを、たっぷり刻んだ。煮たチリ・ビーンズの中に、どっと入れた。

やがて、爆弾のようなチリ・ドッグができた。紙皿にのせる。僕は、それを、ホルツの前に置いた。そして、

「特製の、チリ・ドッグです」

と言った。ホルツは、ふんぞりかえったまま、それを手にとった。〈仕方ない。食ってやる〉という表情。チリ・ドッグを、がぶりとかじった。

5秒後。絶叫が、響いた。正確に言うと、〈アーッ〉と〈ヒーッ〉が交互にまざった悲鳴だった。ホルツは、口に入ったチリ・ドッグを吐き出していた。それでも、悲鳴を上げ

続けている。

「み……水！　水だ！」

と叫んだ。僕は、近くにあるバケツを指さした。後で〈ライナス〉を洗車するために大きなポリバケツにくんでおいた水だ。ホルツは、あわてて、そのバケツのところに駆けよる。両手でバケツの水をすくい飲みはじめた。


その日の夕方、5時過ぎ。僕は、早めに店を閉めた。エミーが勤めているスタジオにいってみた。口ヒゲをはやした白人男が、温厚な口調で、

「エミーなら早退したよ」

と言った。僕は、うなずき、礼を言った。地下鉄の駅に向かった。

とちゅうで、赤ワインと、小さな花束を買った。とりあえず、彼女にあやまろうと思った。たとえどんな場合でも、あんな子供っぽいことをするべきではなかった。それを、あやまろうと思った。

やがて、彼女の部屋に着いた。ドアをノックする。7、8秒して、ドアが開いた。長袖《そで》のTシャツにジーンズ姿の彼女が立っていた。その眼が、少し腫《は》れぼったい。泣いたことは確かだった。僕は、花束をさし出し、

「あの……」

と言いかけた。すると彼女が、

「ごめんなさい。あんなオーナーを連れていっちゃって……」

と泣き声まじりで言った。僕の胸に、おでこをつけた。僕は、彼女の肩をそっと片手で抱いた。

その1時間後。僕らは、デリバリーのピッツァをかじりながら、ワインを飲んでいた。もう、ホルツの話も、爆弾のようなチリ・ドッグの話もしなかった。かつて二人とも住んでいたことのあるLAの話などをしながら、ワインを飲んだ。メルローズ・アヴェニューの通り雨。マリブ・ビーチの黄昏《たそがれ》……。そして、その夜、僕と彼女は初めてひとつになった。ベッドに、月明りがさし込んでいた。

秋が深まっていく。静かに、だが確実に深まっていく。僕は、多くの週末、彼女の部屋に泊まった。彼女がイタリー料理をつくる。ときには、僕が少し手のこんだメキシコ料理をつくった。コロナビールを飲んで陽気にしゃべった。時が過ぎていく……。

そんなある日曜の午後。僕らは、ワシントン広場にいた。彼女が言い出して、僕らは散歩にきたのだ。広場を囲む樹々は、黄色く色づいている。一部は、すでに枯れ葉となっている。僕らは、広場のベンチに腰かけた。

晩秋の明るく澄んだ陽射しが、広場にあふれていた。さまざまな人たちが歩いていた。日曜なので、家族連れが多い。スタジアム・ジャンパーを着た男の子を連れた両親。風船を持った女の子を連れた両親……。ニューヨーク・ヤンキースのスウェットを着て、キャッチボールをしている父と息子……。そんな風景を眺めていた僕の心が曇りはじめた。その理由は、たぶん、こうだ。家族の幸せを絵に描いたような彼らを見ている自分の心の中に、アレルギー反応のようなものがあらわれたのだと思う。

その翌日から、ニューヨークは冷えこみはじめた。朝、〈ライナス〉の中で目を覚ますと、身ぶるいするほどだ。僕は、ブランケットにくるまったまま、ポータブル・テレビをつけた。朝のニュース・ショウ。そこに、CMが入る。CMでは、マイアミ・ビーチを走っている男女の姿が映っていた。

僕は、きのうから考えていることを、さらに本気でつきつめはじめていた。それは、しばらくニューヨークをはなれるということだ。

その理由は、二つある。その一。このニューヨークの寒さから逃げ出し、どこか暖かい土地で冬を過ごしたい。理由その二は、エミーとのことだ。彼女が、わずらわしくなったわけではない。けれど、僕らの関係はやや深入りし過ぎたように感じられる。もう少しクールでもいい。そのために、しばらく距離をおくのもいいかなと思ったのだ。

月曜、一日中考えても、思いは変わらなかった。僕は心を決めた。火曜日、仕事をしながら、アールにそのことを話した。チリ・ドッグ屋も、しばらく休業する。それも話した。

「まあ、冬が終わったら帰ってくるよ」

と言うと、アールは、うなずいた。アルト・サックスをゆっくりと磨きながら、

「うむ……。それもいいんじゃないか？……で、彼女のことは？」

と、きいた。

「言えば反対されそうだから、黙っていくよ。そのかわり」

と僕。封をした手紙を、アールに渡した。アールは、黙って、それをうけとった。

「しかし……それだけの間、離れていたら、彼女の心が変わっちまうことも、ありえるんじゃないか？」

と言った。僕は、うなずいた。

「それならそれで、仕方ないよ。自業自得ってやつかな」

そして、翌日。水曜日。午前10時。僕は、出発しようとしていた。見送りは、アールだけだ。僕は、ひさしぶりに〈ライナス〉の運転席に座った。イグニション・キーをさし込んだ。バッテリーは、上がってしまわないように、ときどき充電してある。僕は、イグニション・キーを、ひねった。

けれど……なんの音もしない。スターター・モーターの回る音がしない。1回、2回、3回……。いくらイグニション・キーをひねっても、スターターは回らない。これ以上やっていると、バッテリーが上がってしまうだろう。僕は、修理業者を呼ぶことにした。

1時間ほどで、修理業者がきた。エンジン・ルームを点検しはじめた。点検し終わった修理業者は、

「スターター・モーターが、いかれてるね」

と言った。もう、寿命だという。しかも、このキャンピング・カーは、えらく古い。この車種に合うスターター・モーターを探すとなると、かなり時間がかかる。へたをすると、1、2ヵ月かかるかもしれないと言った。

アールが、〈ライナス〉の車体をポンと叩いた。

「こいつも、もうしばらく、ニューヨークに腰を落ちつけていたかったんじゃないか？」

と言って、ニッと白い歯を見せた。そろそろ、チリ・ドッグの客がくる時間だった。僕は、ボール紙に〈CLOSED TODAY〉と書いた。〈ライナス〉の外にぶら下げた。

彼女がきたのは、午後3時頃だった。僕が〈ライナス〉の中にいると、

「あら？　臨時休業？」

という声がした。開けたままになっているキャンピング・カーのドアから、顔をのぞかせた。片手に、黄色いビニール袋を提げている。それは、2ブロック先にあるデリの袋だった。何か、さし入れを買ってきてくれたらしい。

その15分後。僕と彼女は、〈ライナス〉の中にいた。小さなテーブルには、彼女が買ってきてくれた七面鳥《ターキー》のパテ。そして、僕がつくったテキーラ・サンライズがあった。僕らは、パテをフォークで食べながら、テキーラ・サンライズを飲んでいた。〈ライナス〉のドアは閉めてある。けれど、かすかにアルト・サックスの音がきこえていた。アールがアパートメントの窓辺で吹いているのだろう。〈Moon River《ムーン・リバー》〉が、静かに流れていた。

僕は、テキーラ・サンライズのグラス片手に、窓から外を見た。街路樹から散った黄色い枯れ葉が、小雪のように舞い落ちていた。ビルごしに射してくる遅い午後の陽が、枯れ

葉を光らせていた。僕は、眼を細め、じっと、その光景を眺めていた。一緒にグラスをかたむける誰かがいるなら、一緒にニュース・ショウを見る誰かがいるなら、一緒にベッドに入る誰かがいるなら、マンハッタンの冬も、悪くないかもしれない。そう思いはじめていた。アールの吹く〈Moon River〉が、静かに流れていた。

ロードスターの逃亡者

後ろで、クラクションが鳴った。短く、二回、鳴った。僕は、運転している軽トラックのルーム・ミラーを見た。すぐ後ろに、ヘッドライトが映っていた。まだ薄暗いので、車種はわからない。が、車高が低いシルエットから、スポーツカーらしいことだけは、わかった。

朝6時15分前。箱根。

湯本から、宮の下に上がっていく道路を僕は走っていた。きのうは、用事があり東京の家に泊まった。道路が混む前に、芦《あし》ノ湖《こ》まで帰ろうとして、夜明けの道路を走っているところだった。

いま走っている道は、カーブだらけだった。おまけに、全体に登っている。ところによっては、かなり急な登りになっている。僕は、マニュアル・シフトの2速と3速を主に使いながら、そのワインディング・ロードを走っていた。後ろでクラクションが鳴ったのは、そのときだった。

僕は、3速に入っていたギアを、2速に落とした。アクセルを踏み込んだ。けれど、これは軽トラックだ。おまけに、レンガを四〇個ほど積んでいる。たいしたスピードは出ない。時速50キロが、やっとだ。

また、後ろで、クラクションが短く鳴った。相手は、スポーツカー。しかも、何か急いでいるようだった。といっても、こっちはいま以上のスピードが出ない。僕は、運転席の窓ガラスをおろした。右手を出し、〈追い抜いて先にいけ〉と合図をした。

けれど、追い抜くのが難しいことも、わかっていた。道路は片側一車線。かなり急なカーブが続いているからだ。

後ろのスポーツカーは、追い抜くタイミングを狙っているようだった。僕の後ろに、ぴたりとついている。やがて、少し見通しのいいところに出た。直線に近い。

後ろで、かん高いエンジン音がきこえた。スポーツカーが、アクセルを踏み込んだらしい。どうやら追い抜く気だ。僕は緊張した。追い抜くには、直線が短すぎる。すぐに、つぎのカーブがくる。

けれど、スポーツカーは対向車線にとび出した。加速。僕の軽トラと並びかけた。ロードスターだった。以前は、ユーノスロードスターと呼ばれていたやつだ。グリーンで、珍しくハードトップがついている。ドライバーの顔は見えない。

　もう、つぎのカーブが近づいていた。そして、ヘッドライトが、カーブを曲がってくるのが見えた。対向車だ。やばい。僕は、ブレーキに足をかけた。つぎの瞬間、ロードスターは加速しながら僕のクルマを抜き、さっと左車線に戻った。1、2秒後、対向車とすれちがった。きわどかった。大胆な運転ともいえるし、少しむちゃな追いこしともいえる。

　ロードスターは、きびきびした動きで急なカーブをクリアしていく。すぐに、そのテールライトが見えなくなった。

　僕は、左にステアリングを切った。芦ノ湖の湖尻《こじり》。湖を回るように通っている幹線道路から、細いわき道に入った。このあたり、幹線道路は湖畔から少しはなれている。わき道に入ってしばらくいくと、湖畔に出る。

　木立の中。ゆるく曲がった細い道をいく。やがて、湖と、一軒のロッジが見えてきた。僕は、軽トラのスピードをゆるめた。ロッジの前で駐《と》まった。エンジンを切った。

　ロッジは、いわゆるログハウス風の建物だ。前には〈NEST《ネスト》〉という木の看板が出ている。以前は〈ペンション　NEST〉だった。けれど、〈ペンション〉という呼び方は、いまではもう、照れくさいものに感じられる。僕が、その看板から〈ペンション〉の文字を削りとったのだ。

軽トラをおりる。ひんやりと冷たい空気を頬に感じた。いまは3月。しかも、早朝の芦ノ湖。空気の中には、まだ冬の冷たさが残っている。あたりは、うっすらとした靄《もや》につつまれている。

僕は、木々と土の香りを胸に吸い込んだ。ダウン・パーカーのポケットにロッジの鍵《かぎ》があるのを確かめる。ロッジの玄関に向かって歩きはじめた。そのとき、かすかなエンジン音に気づいた。

僕は、足を止めた。耳をすます。かすかなエンジン音は、近くできこえていた。僕は、ゆっくりと歩き出す。ロッジの建物を回り込んでいく。このロッジの周囲には、砂利《じゃり》が敷きつめてある。かなり広めの駐車スペースになっている。

湖をバックに、一台のクルマが駐まっているのが見えた。それは、ロードスターだった。グリーン、正確に言うとブリティッシュ・グリーン。ハードトップつき。どうやら、さっき、僕の軽トラを追い抜いていったやつらしい。

ロードスターのエンジンは、かかっていた。うすい靄の中に、スモール・ライトが浮き上がって見えた。

僕は、ロードスターに近づいていった。品川ナンバー。アルミ・ホイールは、昔のスポーツカーのスポーク・タイヤのような感じだった。

ボディの色が、ブリティッシュ・グリーン。ハードトップ。そしてスポークのようなデザインのホイール。それらが、昔ながらのイギリスのスポーツカーのような印象を漂わせていた。

僕は、運転席の方に回っていった。僕が近づいても、運転席からおりてこない。運転席を外から見た。

若い女が、運転席にいた。シートを少し倒して、眼を閉じている。その横顔が、ガラスごしに見えた。眠っているように見えた。エンジンをかけてあるのは、ヒーターを切らないためだろう。

どうしようか、少し考えた。眠っているならまだしも、万が一、睡眠薬自殺でもされたら……。さっき、追い抜いていったときのきわどさが、ふと、そんなことを思わせた。

僕は、とりあえず、運転席のガラスを軽く二回ノックした。彼女は眼を開かない。僕は、丸めた指で、もう少し強くガラスをノックした。

彼女は、うっすらと眼を開いた。最初は、視線がさだまらない。やがて、僕に気づいた。ゆっくりと、運転席のガラスがおりていく。クルマの中から、ほんのかすかにいい香りがした。いま思えば、それはたぶん、彼女がつけている香水だったのだろう。

彼女は、10分か15分、ここで、まどろんでいたらしい。とにかく、睡眠薬自殺ではない。

僕は少し安心した。同時に、なんと話しかけていいものか、迷っていた。結局、

「……大丈夫？」

という、やや間抜けな言葉を口にしていた。彼女は、片手で自分の眼をこすった。眠そうな表情と口調で、

「……ありがとう……。ここ、どこ？」

と言った。

「どこって……芦ノ湖だよ。自分で走ってきたんじゃないか」

僕は言った。彼女は、まだ眠そうな表情のまま、

「あ、そうね……。わたし、馬鹿みたい」

と言った。少し苦笑した。

「こんなところで眠ってたら、風邪をひくと思うけど……」

僕が言うと、彼女は、うなずいた。

「そうね……」

と言った。彼女は、ココアのような色のVネックセーターを着ていた。中は、白いポロシャツだった。あたりを見回す。

「このロッジ、営業してないのかしら……」

と言った。どうやら、〈NEST〉のことを言っているらしい。

「営業はしてないけど、もし必要なら、ひと眠りする部屋ぐらいはあるよ」

と僕。彼女は、僕を見る。

「ここは、あなたの？……」

と言った。今度は僕がうなずいた。とにかく、彼女は疲れているようだし、眠そうだった。

「部屋に、泊めてくれる？……」

と彼女。

「けして豪華じゃないけど、寝るだけなら」

と僕は言った。彼女は、小さくうなずいた。ゆっくりとした動作で、ロードスターのエンジンを切った。助手席に置いてあった小さなバッグを持って、クルマをおりてきた。オフホワイトで細身のコーデュロイ・パンツをはいていた。足もとは、柔らかそうな茶のローファー。

少し栗色がかった髪は、ストレート。まん中で分けている。前髪は、眉《まゆ》にかかるところで切り揃えてある。年齢は……22歳の僕より3つぐらい上に見えた。ほとんど化粧っけは感じられない。

僕は、ロッジの玄関に歩きはじめた。彼女も、あとをついてくる。僕は鍵をとり出し玄関のドアを開けた。

「どうぞ」

と言うと、彼女が、

「おじゃまします」

と言った。入ってくる。ひと晩、東京で泊まっただけなので、ロッジの空気はよどんでいない。ただ、ひんやりとしていた。僕は明りとエアコンをつけた。そして、二階に上がった。二階には、客用につくった部屋が六つある。階段を上がってすぐの部屋が、一番きれいに片づいているはずだった。

その部屋のドアを開けてみる。2ベッドの部屋だ。シーツも枕カバーも新しい。ホコリくさくはない。窓の外には、木立が見える。ひと眠りするのに問題はないだろう。僕は一階におりる。彼女に、その部屋を使っていいよと言った。彼女はまた、

「ありがとう……。じゃ、ひと眠りさせてもらうわ」

と言った。二階に上がっていった。

僕も、一階にある自分の部屋でひと眠りした。夜明けに東京を出てきたので、少し眠り

たかった。ベッドに入る。しばらくは、彼女のことが気になった。けれど、10分もすると眠りに落ちた。

起きると、昼少し前だった。4、5時間は寝たようだ。顔を洗う。水が、東京に比べると冷たい。眼が醒《さ》める。ベーコン&エッグをつくって食べた。ダイニング・キッチンの窓から見ると、薄陽が射している。彼女は、まだ起きていないようだった。

湖に、あいさつしにいくことにした。僕は、ロッジの玄関にいく。そこに立てかけてある釣り竿《ロッド》の一本をとった。キャスティング用のロッド。スピニング・リールと、すでにルアーもセットしてある。僕は、そのロッドを手にする。ロッジを出た。

砂利の敷いてある駐車スペースを歩いていく。彼女のロードスターが駐めてあるわきを過ぎる。そこから10メートルもいけば湖畔の水辺だ。水ぎわから、木造りの桟橋が湖に向かって突き出している。桟橋の長さは、30メートルぐらいある。とちゅう、手漕《こ》ぎのボートが三艘《そう》、桟橋に舫《もや》ってある。これは、お客に使わせるためのものだ。

僕は、ロッドを手に桟橋を歩いていく。先端近くまできた。立ち止まり、あたりを見回した。靄は晴れている。湖畔や湖面に人の姿はない。

箱根の芦ノ湖というと、にぎやかな風景を思い浮かべる人も多いだろう。観光船がいきかい、土産物屋が並んでいる。そんな光景を連想するだろう。確かに、そういう場所もある。けれど、ここは、まったく違う。芦ノ湖の中でも、北側のはずれ。芦ノ湖の湖岸に沿って走っている幹線道路からも、かなり奥まっている。見渡す限り、ほかのホテルや店はない。観光客の姿もない。湖面にも、動くものはない。この静寂が気に入って、僕の父は、ここにロッジを建てたのだけれど……。

僕は、ロッドを持ちかえる。先端で揺れているルアーを見た。ルアーは、メップス。水中を曳《ひ》くと、羽根《ブレード》がクルクルと回転して魚を誘うものだ。そのメップスの、サイズは5番。赤いブレード。去年、このメップスの5番で、僕は、かなりいいサイズのニジマスを釣っている。場所も、この桟橋だった。

僕は、スピニング・リールのベイルをかえす。メップスをキャストした。淡い陽射しに、ルアーが光りながら飛んでいく。着水し、湖面に小さな波紋がひろがる。僕は、3、4秒待った。ロッドを寝かせ、ゆっくりとリールを巻きはじめた。

1投目、当たりはなし。2投目、やはりノーヒット……。

そうしてルアーをキャストしながらも、僕の気持ちは釣りに集中していなかった。正直に言えば、彼女のことを考えていた。気になって当然だろう。あの、少しむちゃとも言える追いこし。そして、湖畔に駐めたクルマの中で眠っていた姿……。どう見ても、箱根に一泊旅行に来た様子ではない。急に思いついて、ここまでクルマを飛ばしてきたような感じだった。そんな彼女のことが、いやでも気になっていた。少しうわのそらで、僕は、ルアーをキャスティングしていた。

30分ほどした頃だった。クルマのドアが開く音がした。ふり向く。彼女だった。ロードスターのそばにいた。ちょうど、ベージュのダッフル・コートを着込んでいるところだった。クルマにのせてあったダッフル・コートを出して着込んだらしい。

彼女は、ゆっくりと、こっちへ歩いてくる。あたりを見回しながら、歩いてくる。桟橋を僕のいる方にやってくる。僕は、キャスティングをしていた手を止めた。そばまできた彼女に、

「寝られた？」

ときいた。彼女は微笑し、うなずいた。

「ありがとう。おかげさまで、すっきりしたわ」

と言った。朝は少し顔色が悪い感じだったけれど、いまは、だいぶ良くなっている。彼女は、僕が手にしているロッドを見た。

「釣れた？」

「ノーヒット」

僕は、苦笑いしながら言った。彼女は、また白い歯を見せた。ロッドの先端近くで揺れているルアーを見る。

「メップス……」

と言った。僕は、かなり驚いていた。そして、表情で、〈なんで知ってるの？〉と彼女にきいていたのだろう。

「父が、好きなの、ルアー・フィッシング。わたしも、ときどきつき合わされたわ……」

彼女が言った。

「お父さんが……」

僕は、つぶやくように言った。へえ……と思った。

「じゃ、いまもルアー・フィッシングやってるんだ……」

と、きいた。

「たぶん、やってると思うわ」

「たぶん？」

「……そう……。父は、ずっとイギリスに住んでるから……」

彼女は言った。僕はまた、〈え……〉と思った。ということは、

「じゃ、君もイギリスに？」

と、つい、きいていた。彼女は、かすかにうなずいた。

「12歳からだから、10年ぐらい住んでたわ」

と言った。僕は、それ以上きくのをやめた。あまり、事情をさぐるようなことはしたくなかった。

「それより、腹はすいてない？」

と僕はきいた。もう、正午を過ぎようとしている。

「ちょっと……」

と彼女。

「ベーコンと卵ならあるけど……」

「ありがとう」

彼女が言い、僕らは、ゆっくりとロッジに歩きはじめた。栈橋を歩きながら、彼女は深呼吸をした。

「ここは、いい所ね……。こういう木の香りをかぐと、イギリスの田舎を思い出すわ……」

と、つぶやいた。

「田舎に住んでたんだ」

「……そう。ロンドンからだと、クルマを飛ばしても1時間半はかかる所。釣りが好きだった父は、わざわざ、そんな所に家をかまえたの。近くには、小川や小さな湖があったわ……」

彼女は言った。ロッジの玄関に近づく。〈NEST〉の看板を見た彼女が、

「……巣ね……」

と、つぶやいた。僕は、うなずいた。〈NEST〉の意味は、巣。ここにきた人にとって、疲れを癒《いや》す巣のようなペンションにしたいと言って、父親が名づけたのだった。僕らは、ドアを開けて中に入った。

「ねえ、お願いがあるんだけど」

と彼女が言ったのは、午後の2時頃だった。僕は〈NEST〉の玄関あたりで作業をしていた。軽トラの荷台から、積んできた赤レンガをおろしているところだった。ここの玄関のあたりは、雨が降ると、ぬかるんでしまう。その対策として、レンガを敷きつめることにした。きちんと仕上げるには、本職にやってもらう必要があるだろう。ちょうど、地元の友人が、そういう仕事のプロだった。やつに手伝ってもらってレンガ敷きをやることになっていた。そのために、材料のレンガを東京で買ってきたのだった。

「お願い？」

僕は、レンガを運んでいた手を止めてきいた。

「あの……よかったら、今晩、泊めてくれない？」

彼女が言った。僕は、彼女を見た。

「いま営業してないのは、わかってるわ。でも、あの部屋に泊まるだけなら、どう？」

「……それはかまわないけど、晩飯はどうする？　何もないぜ。……まあ、少しクルマで走れば、レストランやホテルはあるけど……」

「……外の店は、いやだな……」

彼女が、つぶやくように言った。そして、しばらく考えている。やがて、顔を上げた。

「そうだ。わたしが何かつくるわよ」

「……つくる？」

「そう。宿泊料を払うっていっても、あなたきっと、うけ取ってくれないでしょう？　だから、晩ご飯は、わたしにつくらせて。それ、いいアイデアでしょう？」

明るい声で、彼女は言った。僕は、無言で考えていた。今夜は、ひとりで晩飯にするはずだった。レトルトのカレーがある。それですますつもりだった。ひとりでレトルトのカレー、彼女がつくる料理を二人で……。そのどちらがいいか……考えるまでもない。

「……それじゃ……」

と僕が言いかけると、彼女はもう、

「これから買い物にいってくるわ。お店の場所を教えて」

と言った。僕らは、ロッジに入った。肉屋、パン屋、その他、食料品店の場所を、僕がメモ用紙に描いた。彼女は、それを持つ。ロッジの厨房《ちゅうぼう》に入った。そこにある調理器具を、ざっと見ていた。少なくとも、一〇人以上の客を泊めるつもりでつくられている。それなりの調理器具は揃っている。彼女は、点検を終えると、

「じゃ、ちょっといってくるわ」

と言った。そして、眼鏡をかけた。細い金のふちの、小さめの眼鏡をかけた。その眼鏡をかけると、彼女の印象が少し変わった。眼鏡をかけることで、整った鼻筋がくっきりとする。眼鏡をかけて、さらにきれいな横顔になる女性というのは、初めてだった。

「近眼？」

つい、僕はきいていた。彼女は、ほんの少し苦笑し、うなずいた。けれど、彼女は本当は近眼ではなかった。その眼鏡に、度は入っていなかったのだ。その意味を僕が知るのは、後のことになる。

ロードスターのエンジン音が、遠ざかっていく。僕は、それをじっときいていた。彼女のことを考えていた。

ココア色のVネックセーター。白いポロシャツ。そんな、一見平凡な服装が、ことさら新鮮だった。お嬢さんぽいとも言えるし、学生ぽいとも言えた。

これまで僕が知り合ってきた同年代の女の子たちのほとんどは、何か過剰に自己主張しようとしていた。目新しいファッション。目新しいメイクやネイル・アート。目新しいヒット曲の話題。芸能人の話題。新しくできたショップのこと、などなど……。彼女たちはいつも、自分がいかに情報通であるかを主張していた。

疲れる……。そういう女の子たちといると、とにかく疲れる。

そんな疲れを、彼女といると、まったく感じないことに、僕は気づいていた。そして、彼女と出会って、約半日。彼女が一度も携帯電話を手にしないことにも僕は気づいていた。それは、いまの時代、ひどく珍しいことだった。奇跡に近く……。

1時間ほどで、彼女は帰ってきた。肉屋やパン屋、食料品店の袋をかかえて戻ってきた。厨房に、それらを持ち込んだ。赤ワインも一瓶あった。

「じゃ、仕事にかかるわね」

彼女は言った。セーターの腕をまくり、手を動かしはじめた。

「きょうのメニューは?」

僕がきくと、彼女がニコリとし、

「ミートローフ、一本勝負」

と言った。


「できたわよ」

と彼女の声。午後6時を過ぎた頃だった。僕は、手を洗うとダイニングに入っていった。夕食の用意ができていた。女性がつくる料理ということで、僕は、このあたりに多いフレンチ・レストランのようなものを勝手に想像していた。盛りつけは洒落《しゃれ》ているけれど、ボリュームはかなり少なめ、というようなイメージを持っていた。

けれど、その想像は、みごとに裏切られた。テーブルには、大きめの皿が置かれていた。皿の上には、切られたミートローフが盛られていた。厚さ2センチほどもあるミートローフの四角いスライスが、一〇枚近く、どんと盛られていた。まさに、彼女が言った〈一本勝負〉といった雰囲気だった。

ハンバーグのような色のミートローフの中に、赤や黄色やグリーンが見える。

「それはね、ミックス・ベジタブルを入れたの。あと、ナツメグをすごくきかせてあるわ。まあ、自分流、かな……」

と彼女は言った。皿の上のミートローフは、きれいで、ボリュームがあり、いい香りを漂わせていた。

僕は、なんだか嬉《うれ》しくなっていた。レンガ運びで腹が減っていたこともある。

それ以上に、彼女のキャラクターに、あらためて強い印象をうけていた。カシミアと思えるVネックのセーターと白いポロシャツがよく似合い、自分の父親のことを、ちゃんと〈わたしの父〉と呼ぶ。それは、きちんと育てられてきた結果のお嬢さんらしさだろう。

そして、対照的に、大胆なステアリングさばきできわどい追いこしをやり、男の料理のような量感のミートローフをつくる。こんな女性に、僕は出会ったことがなかったと思う。

「もう少しスパイスが欲しかったんだけど、なんとかなったわ」

彼女は、そう言いながら赤ワインのコルクを抜いている。普通、若い女の子がやるような危なっかしい抜き方ではない。腕に、しっかりと力が入っている。なれた動作でコルクを抜いている。僕は、ダイニングのすみにあるオーディオに歩いていった。E《エリック》・クラプトンのアルバム〈PILGRIM《ピルグリム》〉を低く流しはじめた。

「さあ、食べましょう」

彼女が言った。大皿から、ミートローフを一枚ずつ、中ぐらいの皿にとった。自分でつくったらしいソースをかけた。僕の前と、自分の前に置いた。ワインを二つのグラスに注いだ。そして、

「なんに乾杯する？」

と言った。僕はしばらく考え、

「無事だったロードスターに」

と言った。彼女が、ちょっと不思議そうな表情をした。僕は、説明しはじめた。きょうの早朝。湯本から登ってくるワインディング・ロード。追い抜いていった彼女のロードスター。そのことを話した。彼女は、少し眼を丸くした。

「ああ……あのとき、前をカメみたいに走ってた軽トラ、あなただったの」

と言った。〈カメ〉のひとことに、僕は吹き出した。

「でも、軽トラで、あんなにレンガを積んでちゃ、スピード出なくて当たり前よね」

「まあね……。それにしても、無事でよかった。かなりきわどい追いこしだったから」

僕が言うと、彼女は、小さくうなずいた。

「……じゃ、今朝の命びろいに乾杯しましょう」

と言って微笑した。グラスを手にした。僕らは、軽くグラスを合わせた。ワインをひと

くち。僕は、ミートローフをひと切れ口に入れた。それは、想像をはるかにこえてうまかった。

「……うまい」

僕は正直に言った。彼女は、白い歯を見せ、

「ありがとう。これは、イギリスにいた頃、よくつくった定番なの。父は、外食が好きではなかったから」

と言った。

「それより、あなたのことを話してよ。このロッジは、どうして休業中なの？」

と彼女。僕は、またワインを飲んだ。別に、かくしておくほどのことはない。ぽつりぽつりと話しはじめた。

僕の家は、もともと東京の杉並区にあった。父は大手企業のサラリーマンだった。ごく普通の人間だけれど、学生時代、登山部にいたこともあり、アウトドア派だった。僕と弟が小さかった頃から、よく、家族でキャンプにいったものだった。

いつ頃だろうか……。いわゆる脱サラをして、ペンションやロッジの経営をするのが、ひとつのスタイルになりはじめた。そして、僕の父も、そんな夢を持ちはじめるようにな

っていたようだ。

何年間考えたのか、よくは知らない。けれど、僕が高校2年のとき、父は家族に宣言した。サラリーマンをやめる。そして、湖のそばでペンションの経営をすると言った。そして、土地も決めてあると……。

言い出したらきかない父の性格を、僕ら家族は知っていた。計画は、実行に移された。芦ノ湖。湖畔のこの土地に、ペンションの建築がはじまった。金は、東京の家を担保にして銀行から借りたらしい。

ちょうど僕が高校を卒業する頃、ペンションは完成した。父は、会社を辞め、ペンションのオーナーになった。僕らは、家族で、ここに引っ越してきた。

僕には、東京に残って大学に通うという選択肢も残されていた。けれど、僕は、大学には進学しなかった。もともと、大学で勉強することに魅力や何かの意味を感じていなかった。そして、ごちゃごちゃした東京の街が、あまり好きではなかった。高校生なのに派手なメイクをした女の子たちにも、うんざりしていた。それより、自然の中にいる方が、気持ちがよかった。その辺は、多少、父の血をひいているのかもしれない。

〈ペンション　NEST〉は、開業した。母はもちろん、僕も手伝った。その頃、すでに釣り好きになっていた僕は、ペンションの手伝いをしながら、毎日のように、湖でルアーをキャストしていた。

最初の頃は、知り合いの人たちが、客としてペンションにきてくれた。けれど、半年もたつと、それも減った。お客のいない日が多くなった。

箱根にしては、隠れ家のように静かなこの湖畔は、いい場所だと思う。建物も、シンプルなログハウス調で悪くない。ただ、ここに客を呼ぶ方法を、父はあまり考えていなかったのだと思う。いくらよくても、それをPRしなければダメだ。そこのところが、父には欠けていたのだと僕は思っている。夢を持つのは簡単だが、その夢をかなえるために何をしなければならないのか、そこが大切なのではないか……。

開業して1年目。お客は、月に10組ぐらいしかこなくなっていた。2年目。それが5組に減っていた。

そして3年目。すでに、経営は赤字になっていた。

ついに父は、ここの経営をいったん停止する決意をしなければならなくなっていた。東京に戻り、かつての知人を頼って、サラリーマンとして再就職した。東京の家を売っていなかったのは幸いだった。

父、母、弟は、東京に戻っていった。けれど、僕はここに残った。理由その一。誰かが住んでいなければ、湖畔の建物は荒れてしまう。そして、理由その二。僕自身が、ここで生活することを気に入っていた。好きなルアー・フィッシングができて、本があれば、それでよかった。ここで3年以上暮らして、地元の友人もできていた。いまのところ、特別に不満はない。

「まあ、そんなところかな……」

僕は言った。彼女は、うなずいた。僕らは、ゆっくりとワインを飲み、ミートローフを食べ続けた。外では、フクロウが鳴いていた。

翌日。帰りぎわ。

「また来週もきていい？」

と彼女が言った。僕には、ノーと言う理由がない。何時頃くるのかきくと、土曜の早朝か明け方だという。

「金曜日は夜中まで東京で仕事があるから」

と彼女が言った。僕は、うなずいた。土曜の夜明け、そして僕が起きていないようなら、ロッジの玄関は鍵をかけないでおく。勝手に入って、今回と同じ部屋で寝ていい。そういうことに決めた。もし予定が変わったら電話をくれと僕は言った。電話番号、そして沢口哲《てつ》という自分の名前を教えた。彼女も、中里枝美子《なかざとえみこ》という名前を教えてくれた。〈じゃ、また土曜に〉と言い、彼女はロードスターに乗った。僕は走り去るその後ろ姿を見送った。

その週、気分がうきうきしていたのは言うまでもない。彼女が泊まる部屋だけではなく、ロッジ全体の掃除も、ていねいにした。いつもはいているジーンズも洗濯した。彼女が泊まる部屋用に、新しいバスタオルなども買った。ただ一つだけ、気になることがあった。金曜は、夜中まで仕事があると彼女は言っていた。夜中までの仕事とは、なんだろう……。まさか、水商売ではないだろう。とすると……。僕はそんなことを考えながら、彼女と再会するまでの1週間を過ごした。

土曜日。僕は一度寝ると、夜中の3時に起きた。釣り好きだから、こんな時間に起きることにはなれている。明け方にくる彼女のために、ロッジに暖房を入れた。ダイニング・ルーム、そして彼女が泊まる部屋に暖房を入れた。

ダイニングでルアーの鉤《はり》先を磨《と》いでいると、外でエンジン音がきこえた。砂利をタイヤが踏む音もきこえた。午前5時を少し過ぎたところだった。僕は、ロッジの玄関を開けた。暗さの中に、駐まっているクルマのライトが見えた。やがてライトとエンジン音が消えた。彼女が、バッグを肩にかけて玄関に歩いてきた。僕の顔を見ると、

「おはよう」

と言った。

彼女は、フードのついたパーカーを着ていた。コットンパンツ。ナイキのスニーカー。そして、バッグを肩にかけていた。それはブランド物ではなく、ズックの生地でできた丈夫そうなバッグだった。彼女は、ロッジに入ってきた。

「あったかい……。待っててくれたの？」

「……それもあるけど、釣りもしようと思って」

僕は言った。壁に立てかけてあるロッドを目でさした。彼女のためだけに起きていたのじゃ、ちょっと……と思った。少し、見栄《みえ》をはってみたのだ。それに、釣りをするのは本当だった。2日前、地元の仲間が、いいサイズのニジマスを釣った。釣ったのは、朝一番だという。

僕は、ウイスキーを二、三滴入れた紅茶を二杯つくった。自分と彼女のためだ。彼女は、

「ありがとう」

と言いながらパーカーを脱いだ。ダイニングの椅子に腰かけ、紅茶を飲みはじめた。釣りの準備をしている僕に、

「ひと眠りしたら、わたしにも釣りをやらせてくれる？」

と言った。〈もちろん〉という表情で僕はうなずいた。どうやら、彼女は、その気で来

たらしい。暖かそうなタートルネックのセーターを着ている。はいているコットンパンツも、生地が厚く、しっかりしていた。釣りをやるスタイルらしかった。

彼女が二階の部屋に上がる。しばらくすると、外が薄明るくなってきた。僕は、ロッドとネットを手にするとロッジを出た。栈橋の先端にいき、ルアーをキャストしはじめた。2時間ほどねばった。けれど、ノーヒットだった。まあ、仕方がない。

午前10時過ぎ。彼女が起きてきた。すっきりとした顔をしている。僕は、また、ウイスキーを少したらした紅茶と、トーストを出した。彼女は、礼を言いトーストを食べた。それを片づけると、

「釣りにいきましょう」

と言った。僕は、スピニング・リールのついた6フィートのキャスティング・ロッドを彼女にさし出した。そして、タックル・ボックスを開けた。中には、ルアーや小物が山ほど入っている。彼女は、ルアーを眺める。一、二個、手にとってみている。そして、スプーンを選んだ。赤と白のツートン・カラー。ダーデヴィルという名の有名なルアーだった。

僕が、自分のリールのドラグを調整していると、彼女は何かしている。見れば、ルアー

についている鉤《フック》を交換している。ダーデヴィルには、もともと三本《トレブル》フックがついていた。彼女は、それを一本《シングル》フックに交換している。それは、魚をリリースすることを考えてだろう。三本《トレブル》フックが口にかかったのと、一本《シングル》フックが口にかかったのでは、リリースする簡単さが、まるで違う。言うまでもなく、シングル・フックの方が簡単に魚の口からはずすことができる。魚がうけるダメージも、トレブル・フックとシングル・フックではかなり差があるはずだ。彼女は、テーブルの上でフックを交換しながら、

「父は、必ずシングル・フックを使っていたわ」

と言った。

僕らは、ロッドを手にロッジを出た。淡い陽が出ている。夜明けに比べると、気温もかなり上がっている。空気の中に、春の気配が感じられた。

僕らは、栈橋を歩いていく。その先端近くで、ルアーをキャストしはじめた。僕は、金色のスプーンをキャストした。かなり飛ぶルアーだった。遠くで着水した。ゼリーのように平らな水面に、小さな波紋がひろがった。僕は、ゆっくりとリールを巻く。やがて、水の中を、金色のスプーンがゆらゆらと泳ぎながら近づいてくる。

水中をのぞき込んでいた彼女が、体を起こした。ロッドを握りなおした。ゆっくりとし

た動作で、ルアーをキャストした。体のどこにも力が入っていない。ロッドのしなりだけを使って、ルアーを飛ばした。へたな男のアングラーより上手できれいなキャスティングだった。ダーデヴィルが、曲線を描いて飛んでいった。30メートルぐらい先で着水した。彼女は、ゆっくりとリールのハンドルを回しはじめた。

「かかった」

小さな声で、彼女が言った。僕らがキャスティングをはじめて30分ほどたったときだった。彼女のロッドが曲がり、その先端がかすかに震えている。けれど、

「小さいわ」

彼女は落ち着いた声で言った。ゆっくりとリールを巻いていく。やがて、魚が姿をあらわした。30センチぐらいのニジマスだった。彼女は、魚を泳がせたまま、桟橋を岸の方に歩いていく。このサイズだと、釣り上げ持ち帰ってしまうアングラーもいるだろう。けれど、彼女は、リリースするつもりらしい。桟橋から岸におりた。

岸辺は、小さな石ころと泥がまざっている。彼女は、その水辺までニジマスを引き寄せてきた。ロッドを腕にはさんだまま、しゃがみ込む。両手を水につけて濡《ぬ》らした。淡水魚をリリースする場合、乾いた手でさわってはいけない。

彼女は、ニジマスを足もとの浅瀬に引きよせる。両手ですくい上げる。口からフックをはずした。魚を水に返した。ニジマスは、一瞬、浅瀬にとどまり、さっと泳ぎ去っていった。完璧《かんぺき》なリリースだった。

その日は、彼女がリリースした一匹だけで終わった。午後2時半、僕らは、釣りをやめ、ロッジに歩きはじめた。近くに、ニジマスの養殖をやっている仲間がいる。そこでニジマスを買って夕食にするのはどうかと、僕が提案した。

「いいわね。きょうは、スパイスも多少は持ってきてるし」

彼女が言った。

その30分後。僕らは、買い物のためにロッジを出た。僕の軽トラでいくことにした。助手席に乗った彼女が、また、細い金ぶちの眼鏡をかけていることに僕は気づいた。けれど、その理由をせんさくはしなかった。

軽トラで15分ほど走る。仲間の孝太郎《こうたろう》がやっている養殖場についた。孝太郎は、親からニジマスの養殖場を引きついで営業している。このあたりのホテルやレストランの多くが、やつのところからニジマスを仕入れている。うちのロッジでも、営業していた頃は、やつの所からニジマスを仕入れていた。僕は、軽トラを駐めた。彼女と一緒におりた。

僕らを見た孝太郎は、少し驚いた表情をしている。僕が女連れできた、そのことに驚いているのだろう。この約3年で、初めてのことだ。やつは、彼女のことをじろじろと見ている。

「大きめのやつを一匹くれ」

僕は、孝太郎に言った。ニジマスは、ムニエルにするという話が、彼女との間で決まっていた。大きめの一匹を、二人分のムニエルにするのがいいだろうと彼女が言っていた。

ニジマスの用意をしながらも、孝太郎は彼女をちらちらと見ている。〈哲が、女連れで、しかも年上っぽい女と一緒にニジマスを買いにきた〉という噂は、きょう中にひろまることだろう。箱根は観光地だけれど、そこで生まれ育った若い連中は、退屈している。誰かに彼女ができたらしい、というのは、一番面白い噂話といえる。

僕は、孝太郎からニジマスの入ったビニール袋をうけとった。金を払う。おつりを出しながらも、孝太郎は彼女の方をちらちらと見ていた。

「じゃあな」

と言い、僕らはクルマに戻った。野菜とワインを買い、ロッジに戻った。

彼女がつくったニジマスのムニエルは、やはりうまかった。塩、コショウ以外に何かのスパイスを使っているのだろう。そこに、オーヴンで焼いたポテトがそえられていた。ホクホクしたポテトに、とろりとしたソースがかけてある。僕らは、白ワインを飲みながらムニエルを食べた。話は、いつしか、イギリスのことになっていた。

「わたしの父は、ウイスキーを輸入する会社をやっているの」

と彼女が言った。イギリスには、有名なスコッチ以外にも、さまざまなウイスキーがあるという。特にシングル・モルトは、大手の会社が輸入していないものが多い。彼女の父親は、主にそんなシングル・モルトのウイスキーを輸入する会社を経営しているという。東京の本社は社員に任せ、一年の半分以上は、イギリスで暮らしているらしい。

「早い話、父は、釣りとイギリスが好きで、そんな会社をおこしたのね……」

と彼女。

「……じゃ、君もイギリスが好き？」

僕がきくと、彼女はしばらく考えた。

「……そうね……。好きなところと好きじゃないところがあるけど、好きなところの方が多いかしら……」

「好きなのは、どんなところ？」

と僕。彼女は、また、しばらく考える。

「わたしが一番好きなのは、風景かなあ……」

「……風景……」

「そう……。わたしが住んでいたのは、前にも話したように田舎町だったんだけど、そのまわりの田園風景がよかったわ……。ほら、印象派の画家たちが描いたヨーロッパの田園風景ってあるでしょう。並木があって、まっすぐな道路が走ってたり、教会があって、石だたみの道があったり……。そんな道を、スポーツカーで走るのは、気持ちよかった……」

「スポーツカーか……」

僕はつぶやき、彼女がうなずいた。彼女の父親が家とロンドンの往復に使っていたのは日本車だったけれど、家にはイギリス製のライトウエイト・スポーツカーがあったという。彼女は、車種は言わなかった。

「で、いま、あのロードスターに乗ってる?」

「……まあ、そんなところかしら。日本で自分のアシが必要になったとき、あれを見てすぐに決めたわ」

彼女は言った。イギリスでの生活をなつかしむ気持ちがあるのだろうか……。僕がそうきくと、彼女は微笑し、小さくうなずいた。

「たぶん、そうね。小型車に、釣り竿をのせて、近くの湖や川に走るのは楽しかったわ……」

と言った。そこで、僕は気になっていたことを思い出した。イギリス人の釣りといえば、フライ・フィッシングなのではないか……。それを彼女にたずねた。

「確かにフライで釣っている人は多かったけど、ルアーで釣っている人や、エサで釣りをしている人も多かったわ。イギリス人、イコール、フライ・フィッシングってのは、日本人の思い込みだと思うわ。イギリスの食べ物はまずいってよく言われてるけど、わたしのいた町には、すごくおいしいパテを売ってる店もあったし、ローストビーフのおいしいレストランもあったわ……。まあ、そんなものよ」

彼女は、苦笑まじりに言った。僕は、うなずきながらワイングラスを口に運んだ。彼女のバックグラウンドが、かなりわかった。そのことに満足していた。夜が静かにふけていく……。


孝太郎がきたのは、翌週の火曜だった。何か、急いだ様子でクルマをおりてきた。ロッジの玄関でレンガを並べていた僕のところへ早足でくる。

「哲、知ってたのか？」

「……知ってたって、何を……」

「ほら、この前、一緒にきた彼女、テレビに出てる。知ってたのか」

孝太郎は言った。やつの話をまとめると、こうだ。毎週、月・水・金の深夜、ロンドンの音楽事情を紹介する番組がある。その番組のキャスターとして彼女が出演しているという。僕が〈まさか〉という表情をすると、

「彼女の名前は？」

と孝太郎がきいた。中里枝美子と僕が言うと、孝太郎は、〈やっぱり〉という顔でうなずいた。彼女は、〈エミ中里〉という名前で、その番組に出ているという。

「どっかで見た顔だと思ったんだ……。嘘だと思うんなら、テレビ観《み》てみろよ。あしたの水曜にやるから」

孝太郎は言った。僕は、ロッジに入る。テレビガイドを開いた。いくつかあるBSチャンネルの一つ。その月・水・金。深夜0時15分から45分までの30分間。〈UKホットライン〉という番組がある。確かに、孝太郎が言っていたチャンネルと時間帯だった。出演者の名前までは出ていない。勝手にロッジに入ってきた孝太郎が、テレビガイドを指さし、

「ほら、こいつだよ」

と言った。なかなかの人気番組なのだという。出演してる彼女も、かなり人気があると孝太郎は説明した。その番組に出演している〈エミ中里〉と彼女が同一人物であることは確かだろう。そう考えれば、いくつかの疑問がとける。

まず、その一。金曜日、深夜まで仕事をしていると彼女が言っていたこと。たぶん、その番組のオン・エアーが終わってから東京を出てくるのだろう。だから、ここに着くのが明け方になる……。

そして、もう一つ。近くに買い物に出かけるとき、彼女は細いふちの眼鏡をかけていた。あれは、彼女なりに考えた一種のカモフラージュなのだろう。そう考えれば、納得できる。

翌日。水曜の深夜。正確に言えば日付は木曜になっている。0時15分。僕は、テレビの前にいた。少し緊張して画面を観ていた。やがて〈UKホットライン〉がはじまった。オープニング・テーマのようなものが流れ、画面に一組の男女が映った。

女性は、確かに彼女だった。けれど、印象は、かなり違っていた。ここにきているときに比べれば、メイクがかなり濃い。そして、ファッション。その日は、光沢のあるTシャツを着て、レザーのジャケットを身につけていた。いかにも、ロックやポップスの番組ということで、スタイリストが用意したファッションに見えた。そして、彼女が映っている画面の下に〈イギリス在住10年　エミ中里〉という文字が出た。一緒に出ている男の方は、武田なんとかという。サングラスをかけ、英語まじりの早口でしゃべる日本人だ。僕は、初めて見る男だった。

やがて、イギリスとの生中継がはじまった。ロンドンのスタジオにいるらしいロック・グループ。彼らに、彼女が英語でいろいろと質問している。台本はあるのだろう。なめらかなやりとりが続く。そして、生中継が終わる。そのロック・グループのものらしいビデオ・クリップが流れる。最後に、いま注目されているらしいイギリスのミュージシャンを、彼女と武田なんとかが紹介する。そして30分の番組は終わった。まずまず、予想していたのに近いものだった。


その週末も、彼女はやってきた。

やはり、土曜の明け方にロードスターで着いた。二階の部屋でひと眠り。起きると、僕と一緒に桟橋にいく。のんびりと、ルアーをキャスティングする。その日、少し霧が出ていた。湖の対岸は見えない。僕は、ごく平静な口調で、

「テレビ、観たよ」

と言った。平静な口調のまま、話した。あの孝太郎が彼女に気づいた。そして僕に教え

てくれた。そのことを、ありのままに話した。彼女は、苦笑いした。そして、

「ばれちゃったのね……」

と言った。あい変わらず、ゆっくりとした動作でルアーを投げては曳く……。そうしながら、話しはじめた。約3年前。母親が体調を崩したという。イギリスの寒い冬が、体にこたえたらしい。そこで、母親と彼女は、とりあえず日本に帰国した。父親の世話はメイドにまかせて。

帰国したとき、彼女は22歳。英語学校の講師でもやろうかと思っていたとき、母親の知人がやっているモデル事務所から声をかけられたという。そして、小遣い稼ぎぐらいの軽い気持ちで、モデルの仕事をはじめた。仕事は主に、二十代の女性向けのファッション誌だったらしい。

そうしているうちに、彼女がイギリス帰りだと知ったある制作プロダクションから、新番組の〈UKホットライン〉の仕事をしないかと話がもちかけられたという。テレビに出ることも、イギリスのロックにも興味がないからと、一度は断わった。けれど、強力に説得されて、押し切られたらしい。

「どうせ2、3ヵ月でクビになると思って引きうけたの。それが、もう1年近く……」

また苦笑いしながら、彼女は言った。

「……あの仕事は、楽しくないのかな」

僕は、きいた。リールを巻く手を少し止め、彼女は考えている。

「最初は、ただ、あまり楽しくないいだけだったんだけど、いまでは、うんざりしてるわ……。ただ、引きうけた仕事だし、周囲に迷惑をかけちゃいけないから続けてるだけ」

と言った。また、ゆっくりとリールを巻く。

「わたしは、もともと、イギリスのロックが好きなわけじゃないの。イギリスにいた頃も、ロンドンにはめったに行かなかったわ。田舎町で釣りをしたり、犬と遊んだり、ときにはスポーツカーを走らせたり……そんな生活が好きだった……。だから、あのテレビ番組は、ただの仕事としてやってるの。観てる人がどう感じてるかは別にして……」

つぶやくように彼女は言った。ルアーをキャストした。

「それ以上にダメなのが、あの仕事場の空気ね……」

「テレビ業界？」

「そう。夜の10時にスタジオ入りしても、〈おはようございます〉って言って、誰もが血まなこで新しい何かを探しているような、あの業界の空気が、たまらないっていうか、わたしは、いつまでたっても、なれることができないわ。自分の中で、疲れがたまっていったの……」

「……それで、ここへ?」

「……そうね。あの日、テレビの仕事が終わって、自分の疲れが限界にきたと感じて、クルマを走らせたの。とりあえずメイクを落として、自分の服に着がえて、クルマを飛ばしたわ。芦ノ湖には、以前、ファッション誌の撮影できたことがあって……静かでいいところだって印象があったし、湖畔の風景が、なんとなくイギリスの湖を思い起こさせたから……」

「……それが、初めてここへきた、あの日?」

と僕。彼女は、うなずいた。僕は、心の中でうなずいていた。あの日の彼女……。少しむちゃな追いこしをやり、この湖畔に駐めたロードスターで寝ていたあの朝……。いまの話をきけば、うなずける。

「ひとことで言ってしまえば、疲れる東京から、ここへ逃げ出してきたのね……」

つぶやくように、彼女は言った。ゆっくりとリールを巻きながら、そう言った。ひたすら正直な口調だった。

それからも、週末ごとに彼女はやってきた。東京での生活や仕事のストレスから逃れるように、ロードスターを飛ばしてやってきた。僕と一緒に釣りをし、夕方になれば料理をした。季節は確実に春へと変わっていた。僕らは、夕食後、桟橋に腰かけてさまざまな話をした。月明りが湖の水面を銀色に光らせていた。そんな水面を眺めながら、僕は、将来のことも話した。

父がこのロッジの経営に失敗した理由は、はっきりしている。PR不足はもちろんだけれど、ロッジとしての個性を意識していなかったからだ。〈静かでやすらげるペンション〉なら、日本中に山ほどある。特別な何かを持たなければ、客はこないと思う。

僕は、自分の好きな釣りを、その個性にしようといま考えている。ルアー・フィッシングやフライ・フィッシングが好きな人は、確実にいる。そして幸いなことに、この芦ノ湖には、まだ魚が棲息《せいそく》している。大切なことは、僕自身がフィッシング・ガイドとしての腕を上げることだ。いつ、どこにいけば、ルアーで、あるいはフライで、あるいはレイク・トローリングで、どんな魚が釣れるのかを熟知していなければならない。今年一杯ぐらいは、そのことに専念しようと思っている。そして、来年あたりから、本格的に開業する。ルアーやフライ・フィッシングの雑誌に広告を出し、〈フィッシャーマンズ・ロッジ〉としてスタートを切る。もしうまくいけば、数は多くなくても、確かな客を確保できるかもしれない。そんなことを、僕はゆっくりと話した。彼女は、黙って、うなずきながら話をきいていてくれた。

その電話がきたのは、火曜の午後だった。リールにラインの巻きかえをやっていると、携帯電話が鳴った。かけてきたのは、彼女だった。火曜に電話があるなんて珍しいことだった。僕は、携帯を耳に当てた。

「哲《て》っちゃん？」

少しせかせかした彼女の声がきこえた。もう、彼女は僕のことをそう呼ぶようになっていた。

「ちょっとトラブルが起きたの。これからそっちにいっていい？」

と彼女。僕は、もちろんと答えた。

午後5時近く。あたりが薄暗くなりはじめた頃、彼女が着いた。いつものようにズックの生地でできたバッグと、もうひとつ、スポーツバッグを持っている。彼女は僕の顔を見るなり、

「しばらく、ここに泊めて」

と言った。僕は、うなずいた。彼女は二階の部屋に荷物を置きにいった。僕は、地元の仲間がつくった鴨《かも》の燻製《くんせい》とウイスキーをテーブルに出した。ウイスキーは、先週末、彼女

が持ってきてくれたものだ。彼女の父親が日本に入れているシングル・モルトだった。薄手のカーディガンとチェックのスカートに着がえた彼女が、ダイニングに入ってきた。僕がウイスキーの水割りを出すと、

「ありがとう……」

と言い、彼女は椅子にかけた。ウイスキーをゆっくりと飲みながら、話しはじめた。

トラブルとは、こういうことだ。つい、きのう。〈UKホットライン〉に、特別ゲストで日本人のミュージシャンが生出演した。彼の苗字《イニシャル》は「K」。ただのミュージシャンというより、日本では、ビッグスターと言ってもいいだろう。もちろん、僕でも名前も顔も知っている。そして、〈UKホットライン〉のオン・エアーが終わったあと、何人かで乃木《のぎ》坂《ざか》の店にいったという。K、彼女、そして番組を一緒にやっている武田なんとか。さらに、番組のプロデューサーなど、六、七人で飲み食いをしたという。

そして、夜中の3時。店を出たところで、カメラのストロボが光った。かなり酔ってふらついたKの体を、たまたま近くにいた彼女がささえようとしたときだったという。彼女によると、Kの周囲では離婚騒動がもち上がっていたらしい。Kの妻は、元シンガーだった。しかも、かなり人気のあったシンガーだった。そんなKの夫婦が離婚するのでは、という噂が芸能界で流れはじめていたらしい。

「それで、写真週刊誌のカメラマンが、彼を尾《つ》けていたのね……」

彼女は言った。ウイスキーのグラスを口にした。たぶん、明日発売の写真週刊誌に、その写真と記事が載るだろうと彼女は言った。彼女の事務所には、もう、カメラマンやレポーターが押し寄せているらしい。

「で、避難？」

と僕。彼女は、苦笑いしながらうなずいた。

「連中も、ここまでは追っかけてこられないでしょう」

と言った。


翌日。僕は、一番近くにあるコンビニにいった。写真週刊誌は、あった。表紙に、でかでかとKの名前が出ている。さすがスターミュージシャンだ。〈深夜の密会〉そして、〈お相手は帰国子女タレント〉の文字も見えた。

僕は、それを買ってロッジに戻った。彼女と一緒に、ページを開いた。Kは、片手で自分の顔を隠すような動作をしている。が、あきらかに本人とわかる。ふらついているその体を、彼女がささえていた。彼女はどっちかというと、カメラをまっすぐに見ている。意志を感じさせる眼だった。ほかの人間は、写真に写っていない。写っていたとしても、トリミングしたのだろう。記事は、この手のゴシップにお決まりのものだった。

彼女は、ページを眺めたまま、苦笑い。

「やれやれ……」

と、つぶやいた。そして、

「くだらなすぎるわね」

と言いながら、ページを閉じた。雨が、窓ガラスを濡らしはじめていた。

その夜、僕と彼女は初めてひとつになった。ゴシップ記事を肴《さかな》にしながら、二人で陽気にウイスキーを飲んだ。そして、ごく自然に、ベッドに入った。

夜中の2時過ぎ。彼女の部屋のベッド。暖房がきいている。僕らは、タオル地のブランケットをかけていた。彼女の頰が、僕の胸に押しつけられていた。彼女の髪からは、ヘアー・コンディショナーらしい、いい香りが漂っていた。

「あなたとは、こうなるような気がしてた……」

彼女が小さな声で言った。僕は、彼女の髪を、そっとなでていた。部屋のオーディオからは、E《エリック》・クラプトンの〈Born In Time《ボーン・イン・タイム》〉が低く流れていた。窓ガラスを春の雨が濡らしていた。

それからの1週間は楽しかった。週刊誌やスポーツ新聞だけではなく、テレビでもこのゴシップを派手にとり上げていたけれど、彼女は気にしていないようだった。ときどき、事務所や家族とは簡単な連絡をとっているらしかった。

木々の枝先に新芽が見えはじめていた。草と土の香りが、完全に春のものになっていた。僕と彼女は、そんな風を胸に吸いながら、森の中の小道を散歩した。ときには、湖にボートを漕ぎ出して釣りをした。まだ季節が早いのか、大物は釣れず、みなリリースした。彼女は、買ってきた材料で料理をし、僕らはワインやウイスキーを飲んだ。夜がふけると、同じベッドに入った。爽《さわ》やかで濃密な時が過ぎていく……。

彼女がロッジに泊まりはじめて8日目のことだった。僕と彼女は、買い物に出かけた。彼女のロードスターで、一軒のコンビニにいった。僕は、写真週刊誌を手にした。そこには、〈あのKがついに離婚か⁉〉の見出しがあった。僕は、それを買い外に出た。駐めたロードスターにもたれかかって彼女がいた。僕らがクルマに乗り込もうとしたときだった。叫び声のようなものがきこえた。

同じ駐車場の端に駐車しているワンボックス・カー。そのそばに、男が三人いた。一人がこっちを指さしている。もう一人がカメラを持っているのが見えた。

僕と彼女は、すばやくクルマに乗り込んだ。ロードスターは、タイヤを鳴らして道路に走り出た。追いかけて道路に走り出てくるワンボックスがミラーに映っていた。向こうも必死で追いかけてくる。しばらく走ると、芦ノ湖スカイラインに入った。芦ノ湖の西側を走っているワインディング・ロードだ。彼女が、ロードスターのアクセルを思いきり踏み込んだ。かん高いエンジン音。尻を蹴られたように加速していく。

彼女は、ギアのシフトとエンジン・ブレーキを上手《うま》く大胆に使いながら、カーブをクリアしていく。見通しのいいカーブは、アウト・イン・アウトのコースどりで走り抜ける。ワンボックスは、ミラーの中で小さくなり、やがて見えなくなった。

ワンボックスを完全に撒《ま》いた。僕らは、ロッジに戻った。ロードスターを目立たない建物の陰に駐める。写真週刊誌を開いてみた。どうやら、Kの妻が記者会見を開いたらしい。Kと妻は、すでに別居しているという。彼女の名前も、あい変わらず大きくあつかわれていた。

「めんどうね……」

彼女は、苦笑いしながら、つぶやいた。携帯電話をとり出す。所属事務所にかけたらしい。ロッジの廊下で、しばらく話していた。やがて、電話を切った。

「すぐに、このあたりにもカメラマンやレポーターが押し寄せてくると思うわ。わたしは、とりあえず東京に戻る」

彼女は言った。事務所が、架空の名前でホテルをとったと言った。彼女は、二階に上がる。5分ほどで、バッグを持っておりてきた。ロードスターにバッグを積み込んだ。そして、自分も乗り込んだ。微笑し、

「連絡するわ」

と言い、エンジンをかけた。僕はうなずき、走り去るロードスターを見送った。

翌日。テレビの芸能ニュースでは、朝から何回も芦ノ湖が映った。レポーターが芦ノ湖をバックに何か話している。姿を消している彼女、つまりエミ中里が、ここで目撃されたと言っているらしい。彼女のものと同じ色のロードスターも画面に映った。地元の誰かが、マスコミに情報を流したのだろう。やれやれ……僕も彼女と同じように苦笑まじりにつぶやいていた。

電話がきたのは夕方だった。彼女の携帯からだった。にぎやかなところからかけている気配……。

「イギリスに一度帰るわ。いま成田よ」

と彼女。レポーターの張り込みを用心して、とりあえず香港に飛ぶという。香港でトランジットしてイギリスに戻ると言った。

「あの田舎町までは、いくらなんでも、追いかけてこないでしょう」

と彼女。僕は、携帯を耳に当て、うなずいた。

「気をつけて……」

「心配しないで。旅するのにはなれてるから」

しっかりとした口調で、彼女は言った。何か、アナウンスのようなものがきこえた。

「あ、飛行機に乗らなくちゃ。じゃ、ひと息ついたら連絡するわ」

「ああ……」

そして、電話は切れた。僕は、しばらく、携帯を握ったまま、ぼんやりとしていた。レポーターの追跡で、僕にまで迷惑がかかることを心配して、ここを去った。それは、わかっている。けれど、ひんやりとした寂しさがわき上がってくるのは抑えられなかった。春なのに……。

Kと妻の離婚問題は、泥沼化しているようだった。マスコミでは、依然として彼女のこともとり上げられていた。海外に脱出したらしいという噂とともに……。

彼女から手紙がきたのは、約1ヵ月後だった。シンプルな青いエアメール。こんな文字を見るのは珍しいと思えるほどの端正でのびのびとした字が並んでいた。


哲っちゃん、元気ですか?

芦ノ湖はもう新緑でしょうか。こちらイギリスも、木々の緑が目につきます。気候が似ているのかしら……。

わたしは元気です。父のために料理をしたり、犬の世話をしたりしています。

そうそう、ときどきはクルマで、近くの湖に釣りにいきます。湖でルアーをキャストしていると、芦ノ湖を思い出します。

あなたが、わたしに与えてくれた〈巣〉に感謝しています。あの巣で、わたしは充分に心の翼を休めることができました。あなたと過ごした日々は、忘れられません。

けれど、日本では、まだ、騒ぎが続いているようですね。わたしは、当分、イギリスにいようと思います。

それでは、とり急ぎ。体には気をつけてね……。

枝美子

その文面を、僕はロッジのベランダで読んでいた。何回読み返しても、文面は変わらなかった。手紙から顔を上げ、ふと想像していた。印象派の画家たちが描いたような田園風景……。教会の尖塔《せんとう》があり、ゆるく起伏したワインディング・ロードが続いている。小型のスポーツカーで、そんな道を走っていく彼女の姿を思い描いていた。初夏を感じさせる5月の風が、エアメールを揺らしていた。あと4日で、僕は23歳になろうとしていた。

それから5年が過ぎた。彼女は帰ってこなかった。日本よりイギリスを選んだのだと、僕は納得している。僕のフィッシング・ロッジは、軌道にのりはじめている。先月、孝太郎が結婚した。僕にも、年下の彼女ができた。いまも、ブリティッシュ・グリーンのロードスターを見ると、彼女の横顔を思い出す。ふと、クラプトンの曲がきこえた……そんな気がすることがある。

コスモスが泣くかもしれない

「シュート！」

わたしは叫んだ。

ゴールの前に、背番号6の美奈がいた。彼女に、いいパスが通ったのだ。美奈は、一瞬、ボールを足もとでトラップ。右足で、ゴールに向けて蹴《け》った。

ボールは、きわどいコースに飛んだ。ゴールキーパーの礼子が反応した。が、ボールは、ゴールの端に飛んでいく。入るか。けれど、ぎりぎり、ゴール・ポストに当たった。外側にはじかれた。わたしは、ホイッスルを吹いた。全員の動きが止まる。わたしは、腕時計を見た。試合形式の練習をはじめて、もう20分以上が過ぎている。

「じゃ、ひと休みしようか」

と言った。グラウンドにいた女の子たちが、うなずいた。水を飲む子。タオルで汗をぬぐう子……。

鎌倉。七里《しちり》ヶ《が》浜《はま》の高台にある市営グラウンド。土曜の午後。女子中学生のサッカー・チームが練習をしていた。彼女たちと一緒に走っていたコーチのわたしも、ひと休み。ポカリスエットをラッパ飲みしはじめた。薄いトレーニング・ウェアの下は、軽く汗ばんでいた。海の方から、風が吹いた。ひんやりと乾いた秋の海風だった。汗が、ゆっくりと引いていくのがわかる。

わたしは、背番号6の美奈のところに歩いていく。タオルで汗をふいている美奈に声をかけた。さっきの状況を説明する。

「あそこの位置からだと、決定的なシュートがキーパーの左右どっちにでも打てるわ。だから、あそこまで、きわどいコースを狙わなくてもいいのよ」

と言った。美奈が、タオルで顔をふきながら、素直にうなずいた。

そのときだった。ザワザワという話し声がきこえた。ふり向く。サッカーのユニフォームを着た男の子たちが、グラウンドに入ってくる。どう見ても、ジュニアのサッカー・チームだ。その中に、一人だけ大人がいた。アディダスのトレーニング・ウェアを着た若い男だった。年齢《とし》は、わたしと同じぐらい。23か24歳あたりに見えた。がっしりした体格をしていた。その男に、

「あなたたちは？」

と、きいた。

「練習をはじめるんだ」

と、その男。当然のように言った。

「練習？……午後2時半まで、グラウンドはうちが使うことになってるのよ」

わたしは言った。いまは、午後2時10分前だ。うちが、このグラウンドを使う時間はまだ40分あるはずだ。

「いや、うちが2時から使うことになってる」

相手の男は、きっぱりと言った。

「ウソよ。じゃ、確かめてみましょうか」

わたしは言った。グラウンドの外に置いてある自分のスポーツバッグから、携帯電話を持ってくる。鎌倉の市役所に、かけた。このグラウンドの管理は、市のスポーツ振興課という部署がやっている。担当者は、水谷というおじさんだ。

わたしは、スポーツ振興課の直通番号にかけた。女性職員が出た。水谷さんに替わってもらう。彼に、わけを話した。水谷さんは、〈え？……〉と言った。何か、スケジュール表のようなものを調べている様子だ。1分ほどして、

「あ、申しわけない。こっちのミスです」

と水谷さん。説明をはじめた。うちのチームの練習は、2時半まで。そして、男子のジ

ュニア・チームの練習は、2時から開始。つまり、30分間、ダブって予約を受けつけてしまったという。

「そこのところを、うまく、話し合いで解決してもらうことは、できないでしょうか。たとえば、15分ずつ、ゆずり合うとか……」

と水谷さん。わたしは、携帯電話を、男子チームのコーチらしきやつにさし出した。彼は、携帯を耳に当てる。水谷さんの話をきいている。やがて、

「しょうがない。15分ずつ、ゆずり合うしかないな」

彼は、少し、むっとした表情で言った。携帯を切り、わたしにさし出した。

「じゃ、2時15分から、こっちの練習だ」

と言った。わたしたちは、さっそく、残りの15分、試合形式の練習をすることにした。

この、スポーツ振興課の水谷さんが、〈ミズタニ〉ではなく、〈ミスタニ〉と呼ばれているほどの人だとは、このときはまだ知らなかった。

2時15分。わたしは、ホイッスルを吹いた。

「終わりよ！」

と言った。女の子たちが、ぞろぞろとグラウンドから出ていく。かわりに、グラウンド

の外でランニングをしていた男子チームが入ってくる。コーチらしい若い男とわたしは、すれ違った。彼は、わたしを無視している。自分たちの練習開始が15分遅れた。そのことに、腹を立てているらしい。それは、スポーツ振興課のミスだ。知ったことじゃない。

わたしは、グラウンドの外で、自分の荷物を片づける。そうしながら、グラウンドの中を何気なく見た。男の子たちは、二人一組でパスの練習をはじめていた。うちのチームと同じで、中学生が主なようだ。が、中には、一人二人、高校生らしい子もいる。

わたしがコーチをしているチームは、中学生の女の子に限ったチームだ。この男子チームは、中学生が中心だけれど、高校生もまざったジュニア・チームらしい。これは、珍しいことではない。いま、日本はサッカー・ブームだ。各地に、さまざまなジュニア・チームがあるのだ。

うちのチームの子たちが、ユニフォームの上に、揃いのトレーニング・ウェアを着込んだ。グラウンドをあとにする。ゆるい下り坂を歩いて、江《え》ノ電《でん》の駅に向かった。

うちのチームは、鎌倉市の援助をうけて運営している。だから、メンバーの子たちはみな、鎌倉市在住の中学生ということになっている。したがって、みな、江ノ電に乗って帰ることになる。

ゆるく、まっすぐな、住宅街の中の下り坂。その先には、七里ヶ浜の海が見える。もう11月の中旬。海は、濃く澄んだ秋の色をしている。午後の陽射しも、透明感があり、サラリとしている。夏とは、はっきりとちがう陽射しだった。

やがて、江ノ電の七里ヶ浜駅に着いた。チームは、まずここで二つに分かれる。腰越《こしごえ》の方に向かう電車に乗る子たち。そして、逆に鎌倉駅の方に向かう子たちだ。先に、鎌倉方面の電車がきた。メンバーの三分の二、それとわたしは、手を振って、その電車に乗った。

江ノ電は、ゴトゴトと動きはじめる。稲村ヶ崎《いなむらがさき》で、二人おりた。つぎの駅、極楽寺《ごくらくじ》では、わたしと美奈がおりる。残る子たちは、とちゅうの長谷《はせ》や由比ヶ浜《ゆいがはま》でおりる、あるいは、終点の鎌倉駅までいき、バスに乗りかえたりするのだ。

わたしと美奈は、チームの仲間たちに手を振り、極楽寺でおりた。歩きはじめた。この近くには、極楽寺という寺があり、観光客がたくさんくるところだ。同時に、このあたりの地名は、極楽寺ということになっている。

わたしの家も、美奈の家も、住所は極楽寺一丁目だ。お互いの家は、歩いても3、4分の距離にある。わたしたちは、静かな午後の道を歩きはじめた。土曜だから、極楽寺は、観光客でにぎわっているだろう。けれど、わたしたちが歩いているあたりは、静かだった。海が近いので、昔ながらの別荘がある。普通の家がある。たまに大きな屋敷がある。そんな、鎌倉らしい静かな一帯だった。

「……あの、コーチ……」

並んで歩いていた美奈が、口を開いた。わたしは、歩きながら彼女を見た。

「うん？」

「あ、あの……あした、また、コーチのところに遊びにいってもいい？」

美奈は、遠慮がちに言った。

「あした、お母さん、いないの？」

と、わたし。美奈は、うなずく。

「また陶芸教室だって。パパも、休日出勤だって……」

と言った。今度は、わたしが、うなずいた。美奈の母親は、このところ、陶芸教室にはまっているという。休日の午後になると、長谷にある陶芸教室にいく。そして、夜まで帰ってこないらしい。教室が終わったあとも、仲間のおばさまたちと、どこかへ食事にいくらしい。どうやら、陶芸教室へいく目的の半分は、そのあとのワイワイガヤガヤにあるようだ。

美奈は、一人っ子だ。母親のいない夕食は、あたえられた金で、コンビニ弁当を買ってすませているという。それは、あんまりだ。先々週、その話をきいたわたしは、美奈をうちに呼んで晩ご飯を食べさせてあげたのだ。

「あしたか……いいわよ」

わたしは美奈に言った。彼女の肩を、ポンと叩《たた》いた。松林の多い閑静な住宅地を、わたしたちは歩いていく。道路に二人の影がのびている。


「ただいま」

わたしは、ガラガラと横開きの玄関の戸を開けた。開けると同時に、クレモンティーヌの歌がきこえた。クレモンティーヌがかかっているということは、伯母《おば》が台所で料理をしているということだ。クレモンティーヌは、最近の伯母にとって料理の定番BGMなのだ。

台所にいく。やはり、伯母が、玉ネギを刻んでいた。わたしの顔を見ると、

「お帰り、有紀《ゆき》」

と言った。わたしの名前は、有紀という。伯母は、クレモンティーヌの曲を、やや大きめのボリュームで流しながら包丁を使っている。ときどき、曲に合わせてフランス語を口ずさみながら、リズミカルに玉ネギを刻んでいる。

母の姉であるこの伯母について、少し話しておこう。伯母は、いま56歳。そして、職業

は画家だ。一枚が何百万円もするような有名画家ではないが、とにかく絵を描《か》いて収入を得ているのだ。

伯母は、生まれつき、自由奔放《ほんぽう》に生きてきた人だった。わたしのことを見て、伯母からの遺伝を感じるという人もいる。少しは、当たっている部分があるかもしれない。

伯母は、高校生の頃にはもう、画家になるという夢を持っていたという。多くの人が、夢はただの夢で終わらせてしまう。けれど、夢はかなえるものだという信念と行動力が伯母にはあった。わたしの母は、ただ〈変わってるのよ姉さんは〉と言っている。

美術大学を2年で中退してしまった伯母は、ひとり、フランスに渡った。もちろん、周囲の反対などききもせず……。フランスに渡った伯母は、パリはもちろん、フランスのあちこちで暮らしたという。そして、アルバイトをしながら、絵を描いた。同じように画家になる夢を見ている仲間たちと交流した(実際は、ただ、飲んで騒いでただけよ、と伯母は言っている)。

結局、4年間フランスで暮らして、伯母は帰国した。この4年間の在住は、伯母にとって、宝物のような体験になったようだ。

帰国した伯母は、絵を描き続け、いろいろな出版社を回ったという。無名の新人の絵が、絵画として売れるのは、どう考えても難しい。そこで、雑誌のさし絵とか、本の表紙に使ってもらえたらと思ったらしい。

そうやって出版社を回っているうちに、ぽつぽつとだけれど、仕事がくるようになったという。伯母が描くのは、水彩画。さらりとしたタッチの水彩画だ。雑誌や本の表紙などには使いやすかったのかもしれない。

帰国して3年後。伯母に、一つの仕事がきた。詩集の表紙だという。フランスの詩人。その詩集を翻訳して出版する。その表紙の絵を描いてくれと依頼されたらしい。詩を翻訳したのは、片倉というまだ二十代の翻訳家。彼も、5年ほどフランスで暮らしていたことがあるという。打ち合わせで顔を合わせたときから、彼と伯母は、フランスの話でもり上がった。意気投合した。そして、恋に落ちた。

初めて顔を合わせた、その2週間後に、伯母は、彼の部屋にころがり込んでいたという。彼の方も、それを望んだという。まあ、早い話、伯母と彼は似た者同士だったのだろう。

その頃、彼が借りていた部屋は、二人で住むには狭かった。そこで、貸家を探しはじめ、見つけたのが、極楽寺にあるこの家だ。伯母は、フランスの中でも、北西部にあるブルターニュ地方が気に入っていた。カンヌやニースのある地中海沿いのように派手でにぎやかではない。松の木の間に、落ち着いた雰囲気の別荘が点在している、そんなブルターニュの海沿いを、伯母は気に入っていた。そして、鎌倉の海沿いにあるこのあたりには、そのブルターニュ地方に似た空気感があると、伯母は言っている。

〈ブルターニュで暮らしはじめて3日目のことよ。少しペンキのはげかけた、ある古い別荘の庭に、紫陽花《あじさい》が咲いているのを見つけたの。日本とまるで同じ、青紫色をした紫陽花が、咲いていたの〉と、いつか伯母は話してくれたことがある。フランスでも紫陽花が咲いている、そのことにはわたしもかなり驚いた。

そして、ここ極楽寺に家を借りてすぐ、伯母は、庭に紫陽花を植えたという。その紫陽花は、いまも元気に花をつけている。

伯母と彼は、この極楽寺の家で暮らしはじめた。わたしが物心ついた頃には、〈カマクラの伯母さん〉と呼ぶようになっていた。そして、海で遊ぶのが好きだったわたしは、特に夏休みになると、この伯母たちの家へ泊まりにきた。

そのことを、わたしの母や父は良く思っていなかった。姉である伯母と、妹であるわたしの母は、昔から気が合わなかったようだ。というより、堅い性格の母が、自由奔放に生きる伯母を嫌っていたらしい。

だから、母は銀行に就職し、同僚の銀行員と結婚した。兄と、わたしが生まれた。兄は、堅い性格の両親の血筋をひいたらしい。国立大学を卒業し、いまは大手の保険会社に勤めている。

わたしは、やはり、伯母の血をひいたのかもしれない。子供の頃から、きかん坊な少女だった。夏休みになると、〈カマクラの伯母さん〉のところに、ずっときていた。伯母さんたちには子供がいなかったので、わたしが泊まりにいくと、可愛がってくれた。

夏休みになると伯母の家に泊まる、それは中学生、高校生になっても続いていた。伯母たちの暮らし方は、たぶん、常識とはかけはなれたものだった。まず、伯母と、(わたしは、おじさんと呼んでいたけれど)片倉さんは、正式に結婚をしていなかったようだ。だから、玄関には、二人のフルネームを書いた表札が出してあった。苗字《みょうじ》のちがう二人の名前が並んでいた。

そして、生活……。片倉おじさんは、フランスの小説や詩の翻訳をしていた。けれど、仕事は少ないようだった。一日、3、4時間机に向かうと、あとは、のんびりしていた。散歩したり、岸壁に釣りにいったりしていた。

伯母は、花をモチーフに水彩画を描くことが多くなった。鎌倉にはまだ自然が多く残っていて、さまざまな花が咲く。冬のスイセン。春の梅や桜。菜の花。タンポポ。初夏の矢車草。ヒメジョオン。夏にかけては、野薊《のあざみ》。紫ツユクサ。ヒマワリ。カンナ。浜昼顔。そして、わたしが名前を知らない野の花たち……。伯母は、そんな花たちを、繊細なタッチの水彩で描いていた。

多くはないけれど、仕事はきているようだった。神奈川県に本社がある、ある企業のPR誌の表紙は、もう10年以上続いている。ときどき、東京の出版社や雑誌社からの仕事もきているようだった。

伯母と片倉おじさんに、どのぐらいの収入があったのか、わたしは知らない。けれど、お金があってもなくても、二人は、あまり気にしていないようだった。別に、芸術家ぶっていたわけではなかった。二人とも、楽天的だったのだ。

〈漁師さんから、タダ同然で分けてもらった〉というアジの刺身を食べながら、二人はフランス産の白ワインを飲んでいた。そして、少し酔っては、フランス語の曲を歌った。わたしが中3ぐらいになると、夕食のときにワインを少し飲ませてくれた。〈英才教育〉と言って、片倉おじさんは、ウインクしてみせた。

そんな自由な雰囲気の伯母の家が、わたしは好きだった。夏休み以外でも、冬休み、春休みになると、この極楽寺の家に泊まりにくるようになった。もちろん、わたしの両親は、いい顔をしていなかった。

両親が、わたしに対して顔をしかめたことが、もう一つ。それは、サッカーだ。

あれは、わたしが小学校6年のときだった。学校から帰ろうとして校庭を歩いていた。

ちょうど、男の子たちが、サッカーごっこをやっていた。いま思えば、小学生なので、軽いバレーボールを使って、サッカーまがいのことをやっていた。その頃、すでにJリーグが人気だった。

男の子たちのサッカーごっこから、ボールがこぼれて転がってきた。わたしの足もとに転がってきた。男の子の一人が、

「こっち!」

と言った。ボールを投げ返してくれというしぐさをした。わたしは、うなずいた。そして、ボールを蹴り返した。投げてもよかったのだけれど、たまたま足もとにあったので蹴ったのだ。

いま思えば、デタラメな蹴り方だったろう。けれど、ボールは勢いよく飛んでいった。男の子たちの頭上をこえ、校庭のすみまで飛んでいった。男の子たちは、あっけにとられた顔をしていた。ボールは、校庭のすみにあるフェンスまでいって、やっと止まった。

わたしは、もともと、駆けっこが速かった。小学校の運動会でも、50メートル競走では、よく1等になっていた。だからもともと、脚力が強かったのかもしれない。

そんなわけで、ボールは、すごく飛んだ。けれど、わたしにとって、もっとインパクトのあることがあった。それは、ボールを蹴った感覚だ。足の甲で、バシッとボールを蹴っ

たその瞬間、すごく気持ちのよさを感じたのだ。くせになりそうな感じだった。

そして、翌日から、わたしは男の子たちのサッカーごっこに入れてもらった。ほかの女の子たちは、変な目で見ていたようだ。けど、わたしは、まったく気にしなかった。男の子たちにまざってボールを蹴っていた。それが、はじまりだった。

小学校を卒業。区立の中学校に進学した。中学生以上の女の子を対象にしたサッカー・クラブがあることを、わたしはもう知っていた。

中学生になると、さっそく、そのクラブにいってみた。中・高生の女子サッカー・チームだった。体育大生の女性コーチが、やさしく迎えてくれた。すぐ翌日から、わたしは、メンバーの一員として練習に参加しはじめた。

〈女の子がサッカーなんて〉と、両親は、苦い口調で言った。けれど、そんなことにはおかまいなし。わたしは、サッカーに熱中した。グラウンドを走り回った。一年中、顔は陽灼《や》けしていた。

男子のジュニア選手と違い、プロのサッカー選手になることは、頭になかった（日本では、女子サッカーのプロ・リーグがない）。ただ、好きなことに熱中できていれば、それでハッピーだった。

サッカーに熱中した中・高生時代が終わろうとしていた。5歳ちがいの兄は、国立大学を卒業し、大手の保険会社に入っていた。わたしは、とりあえず体育大学に入学した。まだ漠然とだけれど、スポーツにかかわる仕事につければと思っていたのだ。

体育大学に入ると同時に、社会人の女子サッカー・チームに入った。もちろんアマチュアだけれど、かなり熱心に活動しているチームだ。わたしは、月に二、三回、多摩《たま》川のそばにあるグラウンドで練習した。ときどき、試合にも出た。これは、いまも続いている。

その問題がもち上がったのは、わたしが体育大学を卒業しようとする頃だった。兄が、結婚することになった。兄は27歳。保険会社の同僚の女性と結婚することになった。それはいいとして、兄たち夫婦は、両親と同居するという。優等生の兄らしい選択だった。

東京の大田区にある家は、ごく普通の一軒家だ。兄は、そこを二世帯住宅のように改築して、両親と同居するという。その計画の中に、わたしが住むスペースは、含まれていない。兄はわたしに面と向かって、

「お前も、もう大学を卒業するんだし、独立したらどうだ」

と言った。それをきいたわたしは、怒ったり、むかついたりしなかった。すでに、いまの家に、居心地の悪さを感じていた。いずれは出ていくつもりだった。そのタイミングが、いまきただけだと思った。

家を出る。それを決めたとき、ごく自然に考えたのは、鎌倉にある伯母の家だった。自分の家より居心地のいい伯母の家に住まわせてもらうことだった。

たまたま、片倉おじさんは長期入院していた。半年ほど前、屋根の修理をしていて、落ちたのだ。そして、腰骨をかなり複雑に折ってしまった。手術のあとも、リハビリが必要だった。いまは、湯河原《ゆがわら》にある、温泉を利用したリハビリ施設に入院している。伯母は、ひとり暮らしをしているのだ。わたしが、〈そっちの家で暮らしていい？〉ときくと、〈もちろんよ〉と嬉《うれ》しそうな返事があった。

鎌倉の伯母の家で暮らす。そのことを両親に言うと、内心、喜んでいるようだった。どっちみち、わたしは、やっかい者だったのだ。それに、兄夫婦が同居してくれるということを両親は喜んでいた。兄と一緒に、二世帯住宅の設計をするのに夢中になっていた。もう、わたしのことなど、なかば忘れ去っていた。

体育大を卒業すると同時に、わたしは伯母の家に引っ越した。

それはそれとして、無職でいるのは、まずい。伯母にも、食費ぐらい渡さなければ……。そこで、仕事さがしをはじめた。わたしは、体育大のときに、教職課程もとっていた。体育の教師ならできる。けれど、いまの時代は、少子化の傾向にある。生徒が減り、先生があまっているのだ。体育大を出た仲間たちも、教職にはつけず、困っていた。

わたしは、とりあえず、鎌倉市役所に相談にいった。非常勤講師でもいいから、仕事がないか、きくためだ。けれど、案の定、教職はなかった。そのかわり、サッカーのコーチのアルバイトならあるという。鎌倉市のスポーツ振興課が運営しているスポーツ教室の一つに、ジュニア女子サッカー教室があるらしい。中学生女子を対象としたサッカー教室。そのコーチが、いま、いないのだという。ずっとコーチをしていた女性が、産休をとっているらしい。

サッカーのコーチなら、願ってもない。わたしは、そのバイトにとびついた。原則的に、毎週、水曜と土曜（試合などがあれば、日曜も出る）。バイト代は安かった。けれど、伯母に渡す食費ぐらいにはなる。わたしは、その翌週から、女の子たちにサッカーを教えはじめた。4月にはじめて、いまは11月だから、もう7ヵ月ぐらいやっていることになる。チームの子たちの個性も、もう完全につかめていた。

伯母は、あい変わらず、クレモンティーヌをききながら、玉ネギを刻んでいる。わたしは、スポーツバッグを置いた。

「あの、あした、サッカー・チームの美奈がきたいって言ってるんだけど、晩ご飯、食べさせてあげていい？」

　と、伯母にきいた。

「ああ、あの子ね。もちろんいいわよ。じゃ、そろそろ寒くなってきたから、ポトフでもつくってあげようか」

　と伯母は言ってくれた。なんせ、伯母の料理はフランス仕込みだ。シチューとかではなく、ポトフなのだ。


「じゃ、もう1回」

　と、わたし。向かい合っている美奈に、サッカー・ボールをゆるく、山なりに投げた。美奈は、それをヘディングする。

　翌日。午後3時頃。うちの前の道路だ。わたしと美奈は、遊び半分にサッカーの練習をしていた。伯母はいま、ポトフをコトコトと煮ているのだ。陽の当たる土の道路。わたしと美奈は、いま、ヘディングの練習らしきことをやっていた。

　女子中学生にとって、ヘディングは、やや高度な技術かもしれない。けれど、美奈はチームのフォワード。攻撃し、点をとるポジションだ。ヘディングも、マスターしていく必要がある。わたしは、ボールをゆっくりと投げる。美奈が、それを額《ひたい》に当てる。まだ、はじめたばかりなので、そううまくはいかない。けれど、わたしたちは、のんびりと、家の前の道で練習をしていた。

そのとき、エンジン音がきこえた。うちの前の道に、クルマが入ってこようとしていた。舗装道路から曲がって、うちの前の道路に入ってくる。

この道路は、せいぜい40メートルぐらいで、行きどまりになっている。幅は、あまりない。二台のクルマがすれちがうのは無理だ。一台なら通れる。そんな幅の舗装されていない道路だ。

道路に入ってきたクルマは、ミニだった。濃紺のミニだった。ミニは、だいぶ前に、フル・モデルチェンジをした。大きさも、ぐっとサイズアップした。けれど、いま近づいてくるのは、昔ながらのタイプだった。四角っぽくて小さいやつだ。

ミニは、ゆっくりと道路に入ってくる。道のまん中でサッカーの練習をしていた美奈とわたしは、片側に寄った。ミニは、わたしたちのすぐ近くまできた。乗っているのは一人。運転している男の人だけだ。そのドライバーの顔を見たとたん、わたしは、

「あ……」

と、思わず声を出していた。ミニを運転していたのは、あいつ。きのう、男子のジュニア・サッカーのコーチをしていたやつだ。

むこうも、わたしに気づいた。サッカー・ボールを持っていたから、より、わかりやすかっただろう。相手は、ブレーキを踏んだ。クルマを止めた。運転席のガラスごしに、わたしを見た。ほんのかすかに、うなずいてみせたような気もした。けれど、わたしは、知らん顔をしていた。きのうの、やつの態度に、少し腹を立てていたのだ。

相手も、少し、むっとしたような表情。また、ミニを動かしはじめた。うちのとなりに、もう一軒、家がある。その先は、突き当たりだ。

突き当たりには、いかにも別荘といった感じの建物がある。敷地が広そうだ。両開きになっている木造りの門がある。門のむこう。木立と、洋風の家が見える。

ミニは、門の前で駐《と》まった。運転席から、あの男がおりてきた。白いペンキが塗ってある門を、左右に開けた。門のペンキは、少しはげかけている。男は、またクルマに乗る。門の中に、ミニを入れた。

門を閉じるとき、男は、ちょっと、こっちを見た。道に立っているわたしと美奈を見た。わたしは無表情で相手を見た。むこうも、無表情。少しガタピシする木の門を閉めた。

「ほら、道の突き当たりにある別荘。あそこって、誰も住んでいなかったわよねえ」

わたしは、スプーンを片手に伯母にきいた。

夜の6時過ぎ。うちのダイニング・キッチン。わたしたちは、ポトフを食べはじめたところだった。この家は、基本的に、日本家屋だ。瓦《かわら》屋根。畳。縁側がある、和風の家だ。けれど、わたしたちがいるダイニング・キッチンは板張りで、テーブルセットが置いてある。

わたし、美奈、伯母は、そのテーブルでポトフを口にはこびはじめていた。伯母とわたしは、ワインを飲みながら、のんびりと温かいポトフを食べていた。

「ああ、横山さんの別荘ねえ……」

と伯母が言った。そういえば、確かに、門柱に、色あせた表札があり、〈横山〉と書かれていたような気がする。

「あの横山さんってのは、なんでも製薬会社の社長さんだって話よ。昔は、よくあの別荘に来てたけど、ずっと姿を見てないわね」

と伯母。

「でも、最近、横山さんの孫がいるわねえ。ほら、若い男の子」

「孫……」

「そう。確か、横山さんの孫らしいわ。あまり近所づきあいしてないみたいだけどね……」

「その孫って、小さいクルマに乗ってる？」

「そうそう、紺のミニに乗ってるわよ」

と伯母。さらりとした口調で〈ミニ〉と言った。そうか、考えてみれば、伯母はヨーロッパに住んでいたのだ。

「で、横山さんの孫が、どうしたの？」

と言った。わたしは、簡単に、事情を話した。きのうの練習グラウンドでのもめごとを簡単に話した。伯母は、ワインを飲みながら、話をきいている。わたしが話し終わると、

「あの子がサッカー……。まあ、確かに、いい体格をしてるものねえ……」

と言った。小さくうなずきながら言った。

その週の水曜。うちのチームの練習が終わった。その帰り道。わたしと美奈は、いつものように極楽寺の駅から、ゆっくりと歩いていた。

「そういえば、あの横山さんのことだけど……」

美奈が口を開いた。

「横山さん？」

「ほら、奥の別荘にいる、男子チームのコーチ」

「……ああ……」

わたしは、うなずいた。美奈は、話を続ける。美奈のクラスメイト、その兄さんが、いま高3で、かなり本格的にサッカーをやっているという。その兄さんが、彼のことを知っていたらしい。

「あの人、横山真二《しんじ》っていって、元Jリーガーなんだって」

と美奈。

「元Jリーガー？」

わたしは思わずきき返していた。美奈は説明をする。彼、横山真二は、サッカーの元選手だった。神奈川県にあるJ2のチームに所属していた。所属していたけれど、結局、レギュラーにはなれなかった。一度も試合に出ることなく、そのJ2のチームをやめたという。わたしと同じ23歳。いまは、体育大に通いながら、ジュニア・チームのコーチをしているという。

「J2でさえ、レギュラーになれなかった、まあ、そんなレベルの選手だったらしいわ」

美奈は言った。わたしは、歩きながら、うなずいた。このところ、サッカーの人気は上がりっぱなしだ。若い選手の層も、相当に厚くなっている。たとえJ2といっても、レギュラーになるのは、たやすくないだろう。それは、わかる。

「そうなんだ……」

わたしは、つぶやいた。そして、同時に思い出していた。この前、グラウンドを使う時間のことでもめたとき……。わたしは、荷物の片づけをしながら、男子チームの練習を見ていた。彼らの練習方法は、きちんとしたものだった。コーチをやっている彼が、かりにも元Jリーガーときけば、それも、うなずけることだ。

しかし、サッカー選手をやめて、体育大に通っているのは、どういう理由なのだろう……。そのことは、ちょっと気になった。


鎌倉市役所の水谷さんが、また、ポカをやってくれた。

その週末。土曜日。午後1時少し前。わたしたちのチームは、市営グラウンドに集まった。1時から5時まで、練習をする予定になっていた。明日は、藤沢《ふじさわ》にある女子チームと試合をすることになっている。

ところが、練習をはじめようとすると、彼らがやってきた。例の男子チームだ。コーチの横山真二がいる。

「何よ」

わたしが言うと、

「練習しにきたんだ」

と横山真二が言った。彼らも、1時から5時まで、このグラウンドを予約してあるという。わたしは、また、携帯をとり出す。鎌倉市のスポーツ振興課に電話をかけた。水谷さんを呼び出した。悪い予感がしていた。1、2分何かを調べていた水谷さんは、

「あっ、まずいですねえ、これは」

と言った。どうやら、またグラウンドの予約をダブらせてしまったらしい。

「いやあ、まずいですねえ……」

とミスタニさん。

「まずいわよ、それは……。どうしてくれるの?」

わたしは言った。ミスタニさんは、何か、もごもごと言っている。言い訳らしきことを並べている。こりゃ、ダメだ。わたしは、

「もう、いいです。こっちでなんとかします」

と言った。電話を切った。横山真二に、わけを話した。

「じゃ、4時間を半分の2時間ずつ使うしかないな……」

と真二。

「問題は、どっちが先に使うかね……」

と、わたし。

「ジャンケンで決める？」

と彼に言った。

「PK戦で決める？」

わたしは、思わずきき返していた。真二が提案したのは、こうだ。わたしが、5本のペナルティー・キックをする。彼が、キーパーをする。5本のうち、1本でもゴールしたら、わたしたち女子チームに練習の順番をゆずるという。彼が考えていることが、だいたいわかった。早い話、わたしの力を、なめているのだ。女の蹴るPKなど、軽く止められると思っているらしい。この勝負は、自分に有利だと思っている。わたしの中で、闘志がわいてきた。

「いいわ。やりましょう」

と彼に言った。わたしは、チームの女の子に、わけを説明する。ボールを持って、PKの位置に歩いていく。彼、真二は、ゴールのまん中に立つ。両方のチームの子たちから、

「がんばって！」

の声が上がる。わたしは、グラウンドにボールを置いた。そうしながら、作戦を考えて

いた。5本のPKのうち、1本入れればいいのだ。しかも、相手は、わたしが女だというので、見くびっている。

作戦としては、まず油断させる。そして、4本目か5本目を入れる。それに決めた。わたしは、ボールから、三歩、後ろにさがる。

「いくわよ！」

と言った。ゴール正面にいる真二が、うなずいた。少し腰を落として、身がまえた。わたしは、深呼吸……。わたしから見て、キーパーの真二の右側を、ちらりと見た。そして、助走。ボールを蹴った。わざと、半分以下の力で蹴った。狙った方向は、真二の少し右側だ。

弱々しいシュートが飛んでいく。かまえている真二の右、1メートルぐらい。ボールが、グラウンドを転がっていく。真二は、横に動く。手をのばすまでもない。飛んできたボールを、足でトラップする。男子チームの子たちから、歓声が上がる。

真二は、ボールを、わたしに蹴って戻した。微笑している。〈やっぱり、女のシュートじゃ、そのぐらいのものだろうな〉という顔をしている。

わたしは、表情を変えなかった。また、PKの位置にボールを置いた。2本目。ゆっくりと、三歩、戻った。助走に入る前。真二の左側を、ちらりと見た。そして、助走、三歩。

蹴った。

今度は、ボールを少し浮かせた。腰の高さだ。真二の左。半分以下の力で蹴った。また弱々しいボールが、真二の左側に飛んでいく。真二は、左に動く。余裕のタイミング。ボールを、体の正面でキャッチした。男子チームから、また、歓声が上がる。

真二は、ボールをわたしの方に転がしてきた。わたしは、それを足でトラップ。PKの位置で止めた。

3本目。キックする前、わたしは、また、ちらりと、真二の右側を見た。そして、蹴った。真二の右側。胸の高さだ。あい変わらず、半分以下の力で蹴った。真二は、右に2メートル動いた。胸の正面で、ボールをキャッチした。今度も、余裕のタイミングだ。

男子チームからは、また歓声が上がる。うちの女子チームは、ちょっと心配そうな表情をしている。真二は、ボールをこっちに転がした。今度もやはり、〈女のシュートは、こんなものか〉という表情をしている。

いま、真二は、こう思っているはずだ。その1、〈女が蹴るシュートなんて、この程度の弱々しいスピードだ〉。そして、その2、〈相手は、ボールを蹴る前に、ボールを蹴る方向をちらりと見る〉。その二つが、彼の頭にインプットされたはずだ。

さて、PKの4本目。これで決める。ボールをグラウンドに置いた。三歩、下がる。助走をはじめる前、一瞬、真二の左側を見た。これで、わたしが、彼の左側に蹴ると思ったはずだ。オーケイ。わたしは、深呼吸。助走、三歩。初めて、80パーセントの力で蹴った。それも、真二の右側へ！

真二は、こっちから見て左側へ、一歩動きかけていた。その右側へ、スピードのあるキックが飛んでいく。これまでの3本とは比べものにならないシュート。ゴール・ポストから1メートルぐらい内側。頭の高さ。パワーのあるシュートが飛んでいく。

真二は、まったく反応できなかった。左側へ半歩動いたまま、止まった。シュートは、ぴたり狙いどおり。右側のゴール・ポストより、1メートル内側へ、直線的に飛んでいく。ゴール・ネットに突き刺さった。ネットが、揺れた。真二は、何が起きたかわからないという表情。かたまっている。

2秒後。女子チームの歓声が爆発した。真二は、かたまったままだ。女子チームが、グラウンドに入ってくる。真二は、やっと歩き出した。わたしは、彼とすれちがいざま、

「じゃ、お先に」

と言った。真二は、無言でいる。わたしたちのチームは、練習をはじめた。明日の日曜日、このグラウンドで、藤沢のチームと練習試合がある。そのための調整をかねた練習をはじめた。真二がひきいる男子チームは、グラウンドのまわりでランニングをはじめた。

〈あれ?……〉と、わたしは胸の中でつぶやいていた。

翌日。午前9時半。わたしたちのチームと、藤沢にある女子ジュニア・チームの練習試合がはじまろうとしていた。以前にも対戦したことがあるチームだった。そのときは、1対1の引き分けだった。観客は、ほとんどいない。女の子たちの親が、六、七人いるだけだ。

グラウンドの外にある駐車スペース。紺のミニが入ってきた。駐まる。真二が、おりてきた。練習のときとちがい、ジーンズの上にフリースを着ている。ゆっくりと歩いてくる。

「何しにきたのよ」

わたしは、きいた。

「何って、見学さ」

「……見学?」

「ああ……。ジュニアのチームを教えるっていうことじゃ、男子も女子も似たようなものだからな」

彼は言った。試合がはじまろうとしていた。わたしは、真二に背を向ける。自分のチームの子たちを集めた。試合前のミーティングをはじめた。やがて、9時45分。キックオフ。

中学生なので、ハーフが30分の試合がはじまった。

その試合。結局、3対1で負けてしまった。チームの実力が、そうちがうとは思えなかった。前半の30分は、1対1で終わった。けれど後半、す早いカウンター攻撃をされて、2点とられてしまったのだ。

「まあ、しかたないわ」

わたしは、チームの子たちをなぐさめた。帰りじたくをはじめた。真二が、自分のミニに歩いていくのが見えた。試合を最後まで見ていたらしい。

「一緒に練習を?」

わたしは、真二にきき返していた。日曜の練習試合から2日後。火曜の午後。わたしは、家の庭にいた。洗濯物を、とりこもうとしていた。秋の陽が、いっぱいに射していた。朝から陽をあびていた洗濯物は、ふっくらと乾いていた。わたしは、澄んだ秋の空気を胸いっぱいに吸い込む。洗濯物をとりこみはじめた。

そのとき、エンジン音がきこえた。真二のミニが、ゆっくりと道に入ってきた。どこかから帰ってきたところらしかった。

　ミニが、うちの前で駐まった。エンジンを切り、真二がおりてきた。こっちに歩いてくる。わたしに何か用があるらしい。低い生け垣をはさんで、向かい合った。わたしは無言で真二を見た。

「おとといの試合は、おしかったたな」

　と彼。

「1対3じゃ、おしいとは言えないわ」

　と、わたし。

「けど、後半の2点は、とられずにすんだ」

　彼が言った。〈こいつ、ケチをつけようっていうのか……〉わたしは、無表情で真二を見た。

「そんなこわい顔するなよ、マジな話をしてるんだから」

　苦笑しながら、彼は言った。わたしは、腕組み。

「……マジな話？」

「ああ……。あの後半、相手が攻撃してきたとき、ディフェンスやミッドフィルダーの子たちが、もっと早く戻れれば、あの2点は、とられずにすんだはずだ」

　真二は言った。それは、そのとおりなのだ。わたしは、腕組みしたまま彼を見た。

「それで?」

「……つまり、チームとして、攻守の切りかえがうまくいかなかったんで、2点をとられた……。それは、ちゃんとした試合形式の練習をしてなかった……っていうか、試合形式の練習ができないでいたからじゃないか?」

と真二。わたしは、(たぶん)にらみつけていた視線を彼からはずした。彼が言ったことは、当たっていた。鎌倉には、女子のジュニア・チームは、うちだけだ。だから、本当に試合のような形の練習ができないのだ。

うちのチームは、キーパーの礼子を別にすると、ちょうど一〇人。その一〇人を、五人ずつに分ける。そして、五人が攻撃、五人がディフェンスという形で練習をしている。だから、実際の試合のような練習ができないのだ。

たとえば、ゴールを守っていたディフェンスの選手がボールをうばう。それを、中盤の選手にパスする。同時に、攻撃するフォワードの選手が、敵のゴールに向かって全速で走る。ミッドフィルダー、つまり中盤の選手が、敵のゴールに走っていくフォワードの選手にパスを出す。そういうように、ピッチ全体を使った攻撃練習が、できない。

その逆で、相手のゴール前でボールをとられた場合も同じだ。ディフェンスや中盤にいるミッドフィルダーの選手が、す早く自分たちのゴール前に戻って守る、その練習ができないのだ。

ところが、となりの藤沢市は、鎌倉に比べると、ジュニア・チームが多い。女子のチームだけでも、四チームはある。だから、しょっちゅう、練習試合ができる。その結果、本格的なチーム・プレイを身につけることができる。おととい、す早いカウンター攻撃でうちのゴールに2点たたき込んだのも、そういう練習の成果だろう。それは、真二が言うとおりなのだ。

わたしは、腕組みを、ほどいた。

「それで?……」

「……ああ、それで考えたんだが、うちのチームと、試合形式の練習をしたらどうかと思うんだ」

と真二。

「あなたの、男子チームと?」

わたしは、思わず、きき返していた。彼は、うなずいた。真二の男子チームも、練習相手のチームがいなくて、チームを半分に分けて練習することがほとんどだという。うちの女子チームと、同じ悩みをかかえているらしい。

「でも、男子と女子じゃ……」

わたしは言った。いくらジュニアでも、男女の体格差や体力差はある。それで試合をやるというのは、どう考えても無理がある。わたしは、そのことを真二に言った。

「ああ、もちろん……。そこで、考えたんだ。まず、体をぶつけるようなチャージは絶対にしない。そして、もうひとつ……。女子チームには、君が入る」

「……わたしが？　選手として？」

「ああ……。それなら、つり合うんじゃないか？」

真二は言った。意外すぎる提案だった。わたしは、空を見上げた。これまでも、選手たちの中に入って練習をすることはあった。セット・プレイなどを教えるとき、自分でやってみせるためだ。わたしは、空を見上げたまま、しばらく考えた。やがて、

「……その提案は、わかったわ。あした、うちのチームの練習だから、チームの子たちにも相談してみるわ」

と言った。真二は、うなずく。駐めてあるミニに歩いていった。

「いい、いい。やってみたい！」

と言ったのは、フォワードの風香《ふうか》だった。同じ声が、女の子たちの中から、ほぼ同時にあがった。水曜日。練習をはじめる前。わたしが入って、男子チームと対戦する。その話

をしたときだった。チーム全員が、賛成だという。

「男子チームなんか、ボコボコにやっつけてやる」

と言ったのは、ミッドフィルダーの佳代子だった。さすがに、サッカーをやるような女の子たちだから、元気がいい。

その週末。土曜日。午後1時。

「整列！」

わたしと真二の声が、グラウンドに響いた。男子チーム対女子チームの対戦が、はじまろうとしていた。両チームが、向かい合って整列する。いちおう、試合形式の練習ということにはなっている。けれど、やはり、対抗意識は、むき出しになっていた。

男の子たちの中には、ニヤニヤしている子もいる。わざと、相手をバカにしたような態度をとっているらしい。女の子たちは、とにかく、クールをよそおっている。わたしが、そうするように言っておいたのだ。

わたしと真二で、この練習の簡単なルールを決めていた。1クオーターを、15分にする。そして、10分の休憩。そのくり返しで、第4クオーターまでやる。そんなふうに決めた。

「くれぐれも、体を押したりぶつけたりのチャージは禁止。いいな」

真二が、並んでいる男の子たちに言った。そして、両方のチームがグラウンド（サッカー風に言えばピッチ）に散った。

わたしがチームに入ると、一人、選手があまる。うちの、いわば司令塔のポジションは佳代子と沙織だ。

第1クオーターでは、沙織を休ませる。彼女のかわりに、わたしが入る。第2クオーターでは、佳代子を休ませる。そんなローテーションに決めていた。

1時15分、ジャスト。真二が、ホイッスルを吹いた。ジャンケンの結果、うちのボールで試合開始。ピッチのまん中に、わたしと佳代子がいた。ホイッスルが鳴ると、佳代子がわたしにボールを軽くパスした。全員が動きはじめた。

わたしは、ゆっくりとドリブルしながら、相手陣内に入っていく。ミッドフィルダーの男の子が、マークしてきた。わたしは、軽いフェイントをかける。その子を抜く。

また一人、わたしのボールをとりにきた。今度は、逆側にフェイント。その子も、簡単に抜く。ちょろいものだ。ドリブルで攻め込んでいく。

ディフェンダーの男の子が二人、わたしを止めにきた。すでに相手のディフェンスは、手うすになっている。

左サイドに、智代《ともよ》が走り込んでいた。ゴール前には美奈が走り込もうとしている。わたしは、二人のディフェンダーをかわす。左に走り込んでいる智代に、高さ2メートルぐらいの長めのパスを送った。

パスは、智代の足もとに正確に届いた。智代が、そのボールを止め、二、三歩ドリブル。美奈が、ゴール前まで走り込んでいる。智代は、左足で美奈にセンタリングを送った。相手のディフェンスが手うすなので、センタリングは、美奈に通った。

美奈は、一瞬、足もとでボールをトラップ。体勢をととのえて、左足を振り抜いた。いいシュートが、キーパーの右側に飛んでいく。キーパーが、横っ飛び。けれど、ボールは、その指先をかすめる。ゴールに吸い込まれていった。ネットが揺れた。

女の子たちの歓声が爆発した。試合開始から、わずか1分半。女子チームのゴールだ。ゴールを決めた美奈とアシストした智代は、肩を抱き合って喜んでいる。

男の子たちは、唖然《あぜん》とした顔をしている。口を半開きにしている子もいる。さすがの真二も、かなり驚いた表情をしている。

男子チームの攻撃がはじまった。男の子たちは、ドリブルとパスで攻め込んでくる。けれど、さっきの1点でショックをうけているのか、攻め方が、あせっている。パスのコースが精度を欠いている。

そんなパスを、うちのディフェンダー、真紀《まき》がカットした。す早く、ミッドフィルダーの佳代子にパス。佳代子は、右サイドにいたわたしにパスを通した。

わたしは、ドリブルで相手陣内に攻め込んでいく。フォワードの選手たちも、すでに相手ゴールの方向に走っている。

男の子が、わたしのボールをとろうとしてきた。わたしは、軽いフェイントをかけてかわす。二人目。これもかわす。ドリブルで攻め込んでいく。三人目をかわしたところで、味方のフォワードを見た。美奈と風香が、かなり奥まで走り込んでいる。けれど、さっきの失敗がこたえたのか、美奈にも風香にも、ディフェンダーの男の子がついてマークしている。

オーケイ。わたしは、ドリブルのスピードをあげた。男の子のディフェンダーが、立ちはだかる。わたしは、右にいくと見せかけ、その子を左から抜いた。つぎにきたディフェンダーの子もす早く抜く。もう、ペナルティー・エリアの近くまできた。ここから、シュートを打てる位置だ。

ディフェンダーの男の子が三人、わたしに向かってきた。風香についていたディフェンダーの子も、わたしの方に走ってきた。わたしが、そのままシュートすると思ったのだろう。

フリーになった風香が、ゴール正面に走るのが、ちらりと見えた。わたしは、風香がオフサイドの位置にいないのを確認する。右足の甲にボールをのせるようにして、ちょんと高く浮いた球を蹴った。

ボールは、わたしの前に壁のように並んでいるディフェンダーの子たちの頭上をこえる。ゴール前にいる風香に向かって飛んでいく。ぴたり、狙い通り、風香の足もとに落ちた。風香は、それを直接蹴った。

キーパーの左に、シュートが飛んでいく。キーパーの子が反応する。が、シュートは、速く鋭かった。ゴール左端に、シュートが飛び込む。ネットが揺れた。また、女の子たちの歓声が爆発した。

その5秒後だった。

「タイム！」

真二の声が響いた。

男子チームを集めて、真二が何か話している。たぶん、何か作戦を変える指示をしているのだろう。

わたしたちは、タオルで軽く汗をぬぐいながら、笑顔で話をしていた。狙いは当たった。わたしのところに、男の子のディフェンダーが集中する。その裏側に、こちらのフォワードが走り込む。そんな作戦が当たったのだ。試合開始から、まだ5分と20秒。スコアーは、2対0だ。女の子たちの笑顔。白い歯が、まぶしい。

試合再開。男子チームの攻撃だ。わたしは、ディフェンスには参加しないことにしていた。わたしがディフェンスにまで参加したら、相手は1点もとれないかもしれない。あまりに、一方的な試合になってしまうと思ったからだ。

男子チームが攻め込み、女子チームが守る。パスのやりとりが続く。男子チームのパスが、うまくつながった。背番号3の男の子が、シュートを打った。けれど、ボールはゴール・ポストの外側にはずれた。

キーパーの礼子が、わたしにボールを投げてよこした。わたしは、それを足でトラップ。こちらの攻撃だ。男の子たちが、さっと、戻っていく。

その10秒後。わたしは思わず苦笑していた。男子チーム全員が、ディフェンスの位置に戻っていたからだ。それも、ほぼペナルティー・エリアの中に、選手全員が入っていた。選手全員、ぎっしりと、ゴールの前にかたまっている。これが、相手の作戦らしい。裏をかいてゴールされないように、という苦肉の策らしい。

わたしは、苦笑しながら、ゆっくりとドリブルしていく。男の子たちは、ペナルティー・エリア内にかたまって、出てこようとしない。ケチくさい作戦だ。

わたしは、ペナルティー・エリアのすぐ外側までやってきた。ゴール前には、男子チームが、ずらりと並んでいる。うちの女の子がその中に入ろうとしても、難しい。

いいだろう……。わたしは、ボールを足もとで止めた。深呼吸。三歩下がる。息をため込む。助走。そして蹴った。フリー・キックのように右足で蹴った。スピードをコントロールし、ゆるいカーブをかけたボールが飛んでいく。よくベッカムなどがフリー・キックで蹴るタイプの球だ。

ボールは、ゴールの左上に飛んでいく。狙い通り。左上のすみに飛んでいく。キーパーの子が、左に走り、ジャンプした。けれど、無理だ。大人のキーパーでも、手に当てるのが難しいコースだ。ジュニアの子が届くコースではない。ボールは、キーパーの指先50センチを飛びこし、ゴールに吸い込まれた。

後ろで、女の子たちの歓声がきこえる。わたしは、〈こんなシュートなら、何発でも蹴り込めるわよ〉という表情で白い歯を見せた。ちょっと品が悪いけれど、中指を立ててみせてやった。

「とことん、やろうね！」

わたしは、女の子たちに言った。最後の第4クオーターがはじまろうとしていた。いま、得点は、12対3。もちろん、うちのリードだ。女の子たちの表情が、ひさびさに輝いている。自分たちは、こんなにやれるんだ、という自信が、その笑顔にあらわれている。わたしたちは円陣を組む。

「ファイト！」

のかけ声。そして、ピッチに走り出た。

それは、第4クオーターがはじまって10分近くたったときだった。うちのチームは、2点追加。男子チームは、1点追加。あわせて、14対4になっていた。

うちの攻撃中だった。わたしは、ドリブルで攻め込んでいた。男の子のディフェンダーを一人かわした。さらに攻め込んでいく。前方から、またディフェンダーが一人きた。男子チームで、一番体の大きな子だった。たぶん、高校1年ぐらいだろう。

わたしは、その子を、左側から抜こうとした。その瞬間、男の子が当たってきた。ドリブルしているわたしの右側に、体当たりをくわせるかっこうになった。

わたしの体は、左にふっとんだ。ピッチに転がった。転がったとたん、地面に左肩を打ちつけた。そのとき、グキッという鈍い音がした。

審判をやっている真二が、ホイッスルを吹いた。わたしは、ゆっくりと上半身を起こした。左肩を、そっと動かしてみる。幸い、肩の脱臼《だっきゅう》はしていないようだった。ひどい痛みはない。女の子たちが、わたしのところに駆け寄ってきた。真二もやってきた。

「大丈夫か？」

と言った。わたしは、ゆっくりと起き上がろうとした。真二が、手を貸そうとした。わたしは、それを無視。自分で起き上がった。

「痛くないの？」

と女の子の一人がきいた。わたしは、ゆっくりと左の腕を回してみた。ある角度で、にぶい痛みを感じた。わたしは、腕を回すのを止めた。

「ちょっと痛めたみたい」

と言った。真二が、もう一度、ホイッスルを吹いた。

「じゃ、今日の練習は、ここで終わりだ」

と男の子たちと女の子たちに言った。

もう、第4クオーターの10分を過ぎている。予定の時間はほとんど過ぎた。充分に試合形式の練習はできた。得点は14対4。うちのチームの子たちも、一種の自信をつけたはずだ。


「乗ってけよ。病院に送るよ」

真二が言った。ミニのドアを開けている。男の子や女の子たちは、グラウンドの片づけをしている。わたしは、電車で病院にいこうと思っていた。

「捻挫《ねんざ》ぐらいしてるかもしれない。早く医者に見せた方がいい」

と真二。それは、そうなのだ。しかも、わたしがいつもいく病院は、電車やバスだと、少し不便なところにある。真二のクルマに乗りたくはなかった。けれど、しょうがない。わたしは、彼のミニに乗り込んだ。

この旧型のミニは、まだ走っているのを見かける。けれど、乗るのは初めてだった。外から見たとおり、中はせまい。体の大きい真二は、きゅうくつそうに運転席に乗り込んでくる。エンジンをかけた。

「言っておきたいんだけど、さっきのチャージは、勢いあまってのことだぜ。わざとじゃない」

真二が、ステアリングを握って言った。走りはじめて約5分。わたしがまるで口をきかないので、真二の方から話しかけてきた。

わたしは、前を向いたまま。返事をしなかった。真二の言ったことが、素直には信じられなかった。無言でいた。

病院は、鎌倉と大船《おおふな》のさかい目ぐらいにある。わたしは、外科にいく。顔なじみの徳山先生にみてもらった。X線写真をとる。肩と腕の具合をみてくれる。その結果、脱臼はもちろん、捻挫もしていないらしい。ただ、打撲はしている。数日、腕は動かさない方がいいだろうと、先生は言った。包帯で、わたしの左腕を吊《つ》った。

病院の待合室に戻ると、真二がいた。ベンチに坐《すわ》り、何か本を読んでいた。〈電車で帰るから、もういいわよ〉と言ったのに、1時間以上、待っていたらしい。まあ、いちおうの責任は感じているのかもしれない。

真二に、肩の具合を簡単に説明する。彼のミニに乗り込んだ。家へ戻る間も、二人の間に言葉は少なかった。家へ着く少し前、

「なんで、こんな小さいクルマ乗ってるの？」

わたしがきくと、

「別に……。これが好きだからかな……」

ぼそりとした返事が戻ってきた。うちの前に着いた。わたしは、〈じゃ〉とだけ言い、ミニをおりた。


家に入ると、伯母がキッチンにいた。オーブンの方を向いて、

「ちょうど、キッシュが焼けるところよ」

と言った。ふり向く。わたしが左腕を吊っているので、少し驚いた顔をしている。けれど、わたしはサッカー娘なのだ。ケガをして帰ってきたことは、これまでに何回もあった。

「わけは、あとで話すから」

と言うと、伯母はうなずいた。オーブンから、キッシュをとり出す。

その10分後。わたしと伯母は、テーブルについていた。切り分けたキッシュを口に入れながら、ゆっくりと白ワインを飲んでいた。

わたしは、事情を話しはじめた。左肩を痛めた事情……。女子チームと、真二がコーチをしている男子チームとの対戦。その試合の様子。そして、第4クオーターで、男の子にぶつかられ、転んだ。そこまでのことを話した。真二は、あれは、わざとチャージしたんじゃないと言った。

「けど、あやしいものだわ」

わたしは言った。一方的なスコアで、彼ら男子チームは負けていた。このままじゃ、かっこ悪い。そこで、〈多少のケガをさせてもかまわないから、当たりを強くしろ〉と真二が指示したことは、考えられる。わたしは、そんなことを、話した。きいていた伯母は、

「ふーん」

と、うなずいた。そして、

「あの真二君がねえ……。あの子、根は優しい子なんだけど……」

と言った。

「根は優しい?……」

わたしは、きき返していた。

伯母は、冷蔵庫から白ワインのボトルをとり出す。自分とわたしのグラスに注ぎたした。そのグラスを口に運んだ。そして、ゆっくりとした口調で話しはじめた。

「……あれは、去年の9月頃だったかしらねえ……。あの真二君が、そこの別荘に引っ越してきたのよ……」

去年の9月……。わたしはまだ、この家に住みはじめてはいない。

「そう……9月の中頃だったわ。真二君は、クルマを運転して、この道に入ってきたの。クルマは、確か、けっこう大きなボルボのワゴンだったわ。そのワゴンで、道のとちゅうまで入ってきて、止まったの」

「……止まった……」

「そう。ピタリと止まったの。わたしは、家の庭で花をスケッチしてたから、ずっと見てたわ。彼が運転してたワゴンは、とちゅうで止まった。やがて、真二君はワゴンから荷物をおろして、別荘に運び込みはじめたの」

「歩いて?」

「そう……。段ボール箱やプラスチックのケースを手で持って別荘に運び込みはじめたの。……その理由が、わたしにはすぐわかったわ。理由は、コスモスなのよ」

「コスモス……」

「そう。いまもそうだけど、道の両側に、コスモスが咲くでしょう?」

と伯母。わたしは、うなずいた。口に運びかけたグラスを止め、思い出していた。今年の初秋に見たコスモスを思い出していた。うちの前の道は、舗装されていない。土の道だ。ちょうど9月頃。この道に入ってくると、まん中あたりから奥、道の両側に、コスモスが咲いている。道の中央は、人が歩くので、踏みかためられている。けれど、その両側、一面にコスモスが咲いていたのを、わたしは思い起こしていた。

「あれは、毎年咲くのよね……。いまリハビリ入院している彼は、いつか、この小道のことを〈コスモス横丁〉って呼んでたわ……」

と伯母。わたしは、胸の中で〈コスモス横丁〉とつぶやいていた。フランス人の詩などを翻訳している片倉おじさんらしい言い方かもしれないと思った。

「あのとき、真二君は、両側に咲いているコスモスを見て、その手前でクルマを止めたのね。あの大きなボルボ・ワゴンで入ってきたら、両側のコスモスをタイヤで踏みつぶしちゃうから」

伯母は言った。わたしは、ワイン・グラスを持ったまま……。そのワインのことも忘れて、じっと考えはじめていた。引っ越し荷物を運ぶためには、別荘の中までそのワゴンを入れた方が便利に決まっている。

「本当に、コスモスを踏まないために、ワゴンをとちゅうで駐めたのかしら……」

つぶやくわたしに、伯母は、うなずいた。

「まず、間違いないわね。その日、荷物を運び込んだあと、真二君は、引っ越しのあいさつをしにきたの。これから当分、あの別荘で暮らしますって……。そのとき、足もとに咲いてる花を眺めて、〈みごとなコスモスですね〉って言ってたもの……。それから半月ぐらいして、彼がいまのミニに乗ってるのを見かけるようになったわ……。あのミニの幅なら、両側の草花を踏みつぶさないんで乗りかえたんだと、私は思ってるんだけど……」

伯母は言った。それは、確かに言える。旧スタイルのミニは、車幅がとにかく狭い。いま、その狭い幅で、タイヤのわだちができている。ミニのタイヤが通る、その両側には、コスモスだけではなく、さまざまな草花が自生しているのだ。

春はタンポポやツクシ。初夏は矢車草。夏になると紫ツユクサや野薊……。そんな草花が、ここで生きている。もし、車幅の広いクルマがここを通ることになれば、そんな草花は、みな、つぶされてしまうだろう。

草花が声や悲鳴を上げるという科学番組を、わたしは観《み》たことがある。もしタイヤにつぶされたら、コスモスは泣いて叫ぶのかもしれない。わたしたちの耳には届かないけれど……。

「真二君はね、それを考えてミニに乗りかえたんだと思うわ。だって、あの大きな体で、あんな小さなクルマに乗っている理由がほかにないもの」

伯母は言った。わたしは、ゆっくりとうなずきながら思い出していた。さっき、ミニで帰ってくるとき、〈なんで、こんな小さいクルマに乗ってるの?〉ときくと、〈別に……。これが好きだからかな……〉そう、ぼそりと答えた。あれは、照れかくしだったのかもしれない。いや、たぶん、そうなのだろう……。

その20分後。わたしは、タッパーに入れたキッシュを持って真二の別荘にいった。ベルを押す。門のところまで、彼は出てきた。わたしの顔を見て、少し意外そうな顔をしている。わたしは、さっぱりとした口調で、

「あの……さっきは、ぶうたれていてごめん。これ、伯母さんがつくったキッシュ。よかったら、食べて」

と言った。彼に渡した。彼は、微笑し、

「サンキュー」

と言った。

季節は真冬に向かっていた。けれど、わたしと彼の間にあった氷のような壁は、少しずつ溶けはじめていた。

翌週の土曜。男子チームと女子チームの合同練習、その二回目をやった。家を出ようとすると、外でエンジン音がきこえた。真二のミニが、駐まっていた。窓から彼が顔を出した。

「乗っていかないか？」

と彼が言った。どっちみち、いき先は同じ市営グラウンドだから、ということだろう。

わたしは3、4秒考え、うなずいた。

「ありがとう」

と言い彼のミニに乗った。そのけして広くないサイドシートに乗り込んだ。


わたしの肩は、もう、なんともなくなっていた。一回目と同じように、試合形式の練習に、メンバーとして入った。けれど、前回ほどボールをコントロールしないことにした。手加減しようと思ったわけではない。前回のような一方的なスコアーになっては、練習にならないと思ったからだ。

わたしは、一回目ほど自分で攻め込まず、女子チームのミッドフィルダーやフォワードの子にボールをパスしてまかせた。そうしていると、両チームの力が、ちょうど互角になってきた。スコアーも、せり合うようになった。熱の入った第1クオーターが終わって、1対1だった。

ただし、ここぞというところで、わたしは技を見せた。女の子たちに勉強させるためだ。たとえば、ドリブルで攻めていくとき、相手のディフェンダーが、当然、マークしてくる。その、立ちはだかったディフェンダーの両足の間にボールを通し、マークしている相手を抜き去る。

たとえば、相手ディフェンダーが、ドリブルしてるボールに突っ込んできた場合。ボールを、ちょんと浮かせて、足もとに突っ込んできたディフェンダーをかわして抜く。

味方からパスがきたとき、お腹あたりでボールをうけてトラップ。ボールが地面に落ちる前に、ダイレクトにシュートする。などなど……。ジュニアの女の子には少し高度と思える技も、ときおり、やってみせた。ピッチの外では、真二がそれを見ていた。

その意外なニュースを知ったのは、クリスマス・イヴの日だった。

片倉おじさんが、クリスマスの2日前に、湯河原のリハビリ施設から一時退院してきた。クリスマスとお正月を鎌倉で過ごすためだ。クリスマス・イヴの日。伯母と片倉おじさんを二人にしておいてあげたいと、わたしは思った。そして、真二のところにいった。すでに、彼の家では何回かご飯を食べたりしていた。

クリスマス・イヴのその日。わたしは、伯母がつくってくれたラザニアを持って、真二の家にいった。赤ワインを飲み、DVDに録《と》ったサッカー・スペイン・リーグの試合を観ていた。

「そういえば……」

といって、真二が口を開いた。約1年半後、女子サッカーの世界大会が開かれるという。スポンサーは、世界企業のSONY。〈SONY　CUP〉として、女子サッカーの、いわばワールド・カップのような大会が、1年半後の春に開催される。そのことが、本決まりになったという。真二の友人がサッカー協会のスタッフとして仕事をしていて、そこからの確かな情報だという。

「そのためのチームは、これから再編成するらしい」

テレビのボリュームを少し絞って、真二が言った。女子サッカーの日本代表チームというのは、すでにある。けれど、その〈SONY　CUP〉に向けて、選手を強化したい。そのためのテストが、来年の夏頃にあるという。新しい力をチームに注入したいということらしい。

真二は、わたしを見た。

「やってみたら、どうかな」

と言った。そして、

「あれだけの力を持ってて、趣味でサッカーをやってるのは、もったいない気がする」

と言った。わたしの心は、すでに、ざわつきはじめていた。確かに、いまわたしが入っている社会人チームは、つきつめれば、趣味のサッカー・チームだ。わたし自身、物たりなさを感じていることも事実だ。

そして、いまやっているジュニアの練習試合。中・高生とはいえ、けっこう体格のいい男の子たちを相手に、一選手としてピッチを駆けていると、自分の中に闘志のようなものがわき上がってくるのを感じていた。ひととき忘れていたサッカー選手としての闘志を、とり戻しはじめているのを実感していた。

わたしは、じっと、テレビの画面を見ていた。いま、レアル・マドリードが攻撃をしている。けれど、わたしの頭にあるのは、別のことだった。

そして、2月14日。バレンタイン・デー。わたしは、生まれて初めて、自分でチョコレートをつくった。真二のために、苦手なチョコレートづくりに挑戦した。もちろん伯母に教えてもらいながら、サッカー・ボールの形をしたチョコレートをつくってみた。なんとか、直径3センチぐらいの、丸っこいチョコレートが一〇個ほどできた。わたしは、それを、すぐに真二の家に持っていった。アルミホイルを開き、チョコレートを彼に見せた。

そして、

「ほら、サッカー・ボール」

と言った。彼はニコリとし、

「ありがとう」

と言った。けれど、その中の一個、かなり形がいびつなチョコレートを指さすと、

「これって、なんか、猫のウンコみたいじゃん」

と言った。わたしは、笑いながら、

「バカ!」

と言い彼の胸を叩いた。そうしてじゃれあっているうちに、わたしと彼は、いつしかキスをしていた。わたしたちのファースト・キスだった。外では、さらさらとした粉雪がちらつきはじめていた。

日本代表入りに向けてのトレーニングがはじまった。

トレーナーは、真二だった。基礎体力づくりからはじめて、さまざまな練習メニューをこなしていった。彼のアドバイスは、的確で、合理的でわかりやすかった。練習のあい間にきくと、彼自身、サッカーのコーチをめざしているという。すでに、あるJリーグのチームから、コーチ兼トレーナーとしてこないかというさそいをうけていると言った。ただ、いまはまだ、自分の力量がたりないと考えている。そのため、体育大学に通い、スポーツ

医学やスポーツ心理学の勉強をしているという。

　特に、これまでの日本ではあまり重視されてこなかったスポーツ心理学について学び、自分なりに、さまざまな研究をしているらしい。鎌倉のグラウンドをランニングしながら、彼は、そんな話をしてくれた。

　話している彼の横顔を見ながら、わたしは思った。彼は、第一線のサッカー選手としてやっていくには、性格が優しすぎるのだ。外国の有名なサッカー選手の言葉に、こんなのがある。〈ピッチに立ったら、相手を殺す気で闘うのさ〉。確かに、第一線のサッカーでは、いわば格闘技に近いほどのぶつかり合いがある。〈相手を殺す気〉は少し大げさにしても、そういう気迫がなければ、一線ではやっていけないのだろう。

　けれど、真二は、そんなふうに闘うには、気性が優しすぎるのかもしれない。コスモスをふみつぶさないようにミニに乗りかえたことも、それを物語っている。

　そして、彼は、自分のそんな性格にすでに気づいている。そして、前向きに、自分のいく道を決めようとしている。彼は優しいけれど、同時に、すぐれた判断力と思い切りのよさを持った人間なのだ。きっと、いいコーチになるだろう。練習のあい間に話している彼の横顔を見ながら、わたしは、そんなことを思っていた。海の方から吹いてくる風が、わたしたちの汗を乾かしていく……。

1年半は、めまぐるしい速さで過ぎた。

その4月末の土曜日。わたしは、横浜にいた。横浜国際総合競技場。いま、〈SONY CUP〉の第1戦がはじまる。そして、わたしは、日本代表の一人として、ピッチに立とうとしていた。対戦相手は、強豪のイタリーだ。

試合開始まであと1時間。ミーティングを終えた。日本代表チームの監督が、

「さて、いこうか」

と言った。わたしたちチーム全員が、試合前の軽い練習のために、控え室を出た。通路を抜け、ピッチに出た。並んでいるカメラマンたちが、いっせいにシャッターを切りはじめた。観客席から、拍手がわき上がった。まぶしい陽射しに、わたしは目を細めた。観客席を見た。わたしが教えている女の子たちがいた。揃いのトレーニング・ウェアでかたまっている。わたしが手を振ると、

「がんばって、コーチ！」

という声が、風にのってきこえた。あらためて、いま、日本代表チームの一人として、ここに立っていることが、実感としてわき上がってくる。けして楽ではなかった、これま

でのトレーニングの日々……。のりこえてきた、さまざまな試練やハードル……。くじけそうになったこともあった。

それを思い返すと、鼻の奥が、ツンとした。かすかに視界がぼやけた。観客席がぼやけて、真二の姿が見つからない。けれど、どこかにいることは、わかっている。あのミニで、ここに送ってくれたのだから……。

選手たちが、軽いランニングをはじめた。わたしは、そっと目尻《めじり》をぬぐった。唇をきつく結んだ。そして、緑のカーペットのようなピッチを、ゆっくりと走りはじめた。

あとがき

そのクルマの持ち主が気になった。

ホノルル。ダウンタウンの午後。僕と、ホノルル育ちの友人は、昼食を終えたところだった。レストランを出て、駐車場に置いたクルマに戻ろうとしていた。そのとき、僕はふと足を止めた。そこに駐車しているクルマを眺めた。パーキング・メーターの前に路上駐車しているカルマン・ギアを、僕はじっと見た。

カルマン・ギアは、ごく簡単に言ってしまえばフォルクスワーゲンのスポーツカーだ。基本は、旧タイプのワーゲンと同じ。空冷エンジンをクルマの後部《リア》に載せている。独特の美しい丸みを持ったライトウエイト・スポーツカーだった。

といっても、生産が終わって、かなりたつ。日本では、走っているのをめったに見なくなっていた。けれど、ハワイやカリフォルニアでは、ときどき見かける。

友人は、レストランに携帯電話を忘れたことに気づき、戻っていった。僕はその場に立ち止まり、そのカルマン・ギアを眺めていた。その持ち主がどんな人間か、気になっていた。古い年式のクルマであることは、わかっている。けれど、よく手入れされていた。愛着を持って乗られていることは、ひと目でわかった。こういうクルマを、こうやって乗っているのは、どういう人物なのか、気になっていた。

友人が戻るより先に、クルマの持ち主が戻ってきた。

中年の白人男だった。一見、E《エリック》・クラプトンに似ていた。アコースティック・ギターを弾くようになってから以後の、いぶし銀のような輝きを感じさせるクラプトンに、よく似ていた。無精ヒゲにも見える口ヒゲには、白いものがまざりはじめている。細いフレームの眼鏡をかけている。淡い色調のアロハを着て、コットンのパンツをはいていた。アロハも、パンツも、少しくたっとして、着古していることがわかる。

彼は、カルマン・ギアのドアを開けようとしていた。その姿を見て、僕は胸の裡《うち》でうなずいていた。彼の持っている雰囲気が、予想通りだったからだ。

アロハはアンティークだろう。が、いかにもという感じのアンティークではなく、さりげない。コットンのパンツも、くたっとしているが、それが、一種の味になっている。そのセンス……ただ者ではない。カルマン・ギアに乗り込もうとしている彼を見ていると、いつの間にか戻ってきていた友人が、ひとこと、

「しぶい……」

と、つぶやいた。その〈しぶい……〉で、すべてが言いつくされていた。

その人が乗っているクルマを見れば、その人のかなりの部分がわかると僕は思っている。そして、そんなクルマたちが重要なわき役としてストーリーにからんでくる恋愛小説集を書きたいと考えていた。何年にもわたって心で温めていたその思いが、やっと形にできたのが、この作品集だ。

さらに、この作品集で、僕が描きたかったことがもう一つある。それは、姿を消しつつある名車たちのことだ。

世界的に、クルマのデザインから個性や雰囲気がなくなっているのは、まぎれもない事実だ。長い歴史を持つクルマたちから、かつてそのクルマが持っていた独特の雰囲気が失われつつある。性能や乗り心地がよくなっているのは間違いない。けれど、それとひきかえに、多くの人たちを惹《ひ》きつけてきた、そのクルマならではの雰囲気がなくなっているのも確かではないだろうか。

日本人になじみ深いクルマでいうなら、フォルクスワーゲン・ビートルと、イギリス車のミニが、すぐに思い浮かぶ。たとえば、旧タイプのワーゲン・ビートルが駐《と》まっているだけで、その周囲に独特の空気感が漂ったような気がする。まったく同じことが、ミニにもいえる。そんな旧タイプのビートルもミニも、走っている姿を見かけることがしだいに減りつつある。まだ、かろうじて、彼らが現役として走っているいま、その姿を物語の中で描いておきたかった、というのが正直なところだ。

さて、この恋愛小説集には、5台のクルマが登場する。あとがきから先に読む人のために、そのクルマと、恋愛小説の舞台となる場所を書いておこう。

旧タイプのワーゲン・ビートル（ロサンゼルス）
パジェロ（北海道・富良野）
キャンピング・カー（ニューヨーク）
ユーノスロードスター（箱根・芦ノ湖）
旧タイプのミニ（湘南・鎌倉）

それぞれのストーリーで、恋愛とクルマのかかわり合い方もさまざまだ。ハッピーエンドの物語もあれば、ほろ苦いエンディングもある。ただし、ストーリーの後味がいいことは約束できる。いつも書くのだけれど、この作品集が、グラス一杯のジン・トニックのように、ひとときでも読者のあなたを爽《さわ》やかに酔わせてくれれば、作者としてそれ以上望むことはない。

※　※　※

なお、釣った淡水魚をリリースするときの注意点については、故・開高健《かいこうたけし》さんからアラスカ・ロケの最中に教わった。作品中に出てくる料理についてのヒントは、親友の小泉俊二氏の奥方である由利さんから教えてもらった。ここに記して感謝します。

そう、魚のリリースで思い出しました。僕の読者には釣り好きの人も多いらしいけれど、JGFA（ジャパンゲームフィッシュ協会）には入っていますか？　JGFAは、けっして小むずかしい協会ではありません。魚とのフェアなファイトをめざし、世の中から魚が減らないように活動している釣り好きの集まりなのです。興味がある人は、ぜひ問合せしてみてください（JGFA問合せ――TEL　03・5423・6022　FAX　03・5423・6023　HP――検索サイトで〈jgfa〉と入れて検索すれば出ます。Eメールも、ここから送れます）。

僕の船〈マギー・ジョー〉では、一緒にカジキ釣りに挑戦してくれる仲間を求めています。①何より海が好き。②基本的に、あまり船酔いしない。以上が主な条件で、釣りの経験はいりません。希望者は、「あとがき」の後ろにあるファン・クラブ事務局までご連絡ください。

いつも原稿は遅く注文は多い作者に、根気よくつき合ってくれている角川書店の加藤裕子さん、お疲れさまでした。今回も素敵なカバーや口絵のデザインをしてくれた角川書店装丁室の都甲玲子さん、ありがとう。

この本を手にしてくれたすべての読者の方へ。サンキュー。また会えるときまで、少しだけグッドバイです。

あちこちで水仙の咲く葉山で　喜多嶋　隆

〈喜多嶋隆ファン・クラブ案内〉

〈芸能人でもないのに、ファン・クラブなんて〉とかなり照れながらも、熱心な方々の応援と後押しではじめたファン・クラブですが、はじめてみたら好評で、もう発足して9年になります。このクラブのおかげで、読者の方々とのふれあいができるようになったのは、僕にとって大きな収穫でした。

〈ファン・クラブが用意している基本的なもの〉
①会報――僕の手描き会報。カラーイラストや写真入りです。近況、仕事の裏話、ショート・エッセイ、サイン入り新刊プレゼントなどの内容が、ぎっしりつまっています。
②『ココナッツ・クラブ』――喜多嶋が、これまでの作品の主人公たちを再び登場させて描くアフター・ストーリーです。それをプロのナレーターに読んでもらい、洒落《しゃれ》たBGMにのせて構成したプログラムです。CDと、カセットテープの両方を用意してあります。
すでに、「ポニー・テール・シリーズ」「湘南探偵物語シリーズ」「嘉手納広海シリーズ」「ブラディ・マリー・シリーズ」「南十字星ホテル・シリーズ」、さらに、「CFギャング・

シリーズ」の番外篇などを制作して会員の方々に届けています。ストーリーのエンディング・テーマは、（主に）僕がやっているバンド〈キー・ウエスト・ポイント〉が演奏しています。プログラムの最後には、僕自身がしばらくフリー・トークをしています。

③ホームページ――会員専用のホームページです。掲示板、写真とコメントによる〈喜多嶋隆プライベート・ダイアリー〉などなど……。ここで仲間を見つけた人も多いようです。

さらに、

★年に2回は、葉山マリーナなどでファン・クラブのパーティーをやります。2、3カ月に1度は、ピクニックと称して、わいわい集まる会をやっています（もちろん、すべて、喜多嶋本人が参加します）。関西など、地方でも、本人参加のこういう集まりをやっています。

★当分、本になる予定のない仕事（たとえば、いろいろな雑誌に連載しているフォト・エッセイ）などを、できる限りプレゼントしています。他にも、雑誌にショート・ストーリーを書いた時、インタビューが載った時、FMなどに出演した時などもお知らせします。
★もう手に入らなくなった昔の本を、お分けしています。
★会員には、僕の直筆によるバースデー・カードが届きます。
★僕の船〈マギー・ジョー〉による葉山クルージングという企画を春と秋にやっています。
★僕の本に使った写真をプリントしたTシャツやトレーナーを毎年つくっています。
※その他、ここには書ききれない、いろいろな企画をやっています。興味を持たれた方は、お問合せください。くわしい案内書を送ります。

会員は、A、B、C、3つのタイプから選べるようになっていて、それぞれ月会費が違います。

A——毎月送られてくるのは会報だけでいい。
〈月会費　600円〉

B——毎月、会報と『ココナッツ・クラブ』をカセットテープで送ってほしい。

〈月会費　1500円〉

C――毎月、会報と『ココナッツ・クラブ』をCDで送ってほしい。

〈月会費　1650円〉

※A、B、C、どの会員も、これ以外の会員としての特典は、すべて公平です。

※新入会員の入会金は、A、B、Cに関係なく、3000円です。

くわしくは、左記の事務局に、郵便、FAX、Eメールのいずれかでお問合せください。

住所　〒249-0007　神奈川県逗子市新宿3の1の7　〈喜多嶋隆FC〉

FAX　046・872・0846

Eメール　coconuts@jeans.ocn.ne.jp

※お申込み、お問合せの時には、お名前と住所をお忘れなく。なお、いただいたお名前と住所は、ファン・クラブの案内、通知などの目的以外には使用しません。

本書は書き下ろし作品です。

サイドシートに君《きみ》がいた

喜多嶋《きたじま》 隆《たかし》

平成20年 2月25日 初版発行
令和6年 5月10日 3版発行

発行者●山下直久

発行●株式会社KADOKAWA
〒102-8177 東京都千代田区富士見2-13-3
電話 0570-002-301(ナビダイヤル)

角川文庫 15023

印刷所●株式会社KADOKAWA
製本所●株式会社KADOKAWA

表紙画●和田三造

ISBN 978-4-04-164643-4 C0193

◆◇◇

角川文庫発刊に際して

角川源義

第二次世界大戦の敗北は、軍事力の敗北であった以上に、私たちの若い文化力の敗退であった。私たちの文化が戦争に対して如何に無力であり、単なるあだ花に過ぎなかったかを、私たちは身を以て体験し痛感した。西洋近代文化の摂取にとって、明治以後八十年の歳月は決して短かすぎたとは言えない。にもかかわらず、近代文化の伝統を確立し、自由な批判と柔軟な良識に富む文化層として自らを形成することに私たちは失敗して来た。そしてこれは、各層への文化の普及滲透を任務とする出版人の責任でもあった。

一九四五年以来、私たちは再び振出しに戻り、第一歩から踏み出すことを余儀なくされた。これは大きな不幸ではあるが、反面、これまでの混沌・未熟・歪曲の中にあった我が国の文化に秩序と確たる基礎を齎らすためには絶好の機会でもある。角川書店は、このような祖国の文化的危機にあたり、微力をも顧みず再建の礎石たるべき抱負と決意とをもって出発したが、ここに創立以来の念願を果すべく角川文庫を発刊する。これまで刊行されたあらゆる全集叢書文庫類の長所と短所とを検討し、古今東西の不朽の典籍を、良心的編集のもとに、廉価に、そして書架にふさわしい美本として、多くのひとびとに提供しようとする。しかし私たちは徒らに百科全書的な知識のジレッタントを作ることを目的とせず、あくまで祖国の文化に秩序と再建への道を示し、この文庫を角川書店の栄ある事業として、今後永久に継続発展せしめ、学芸と教養との殿堂として大成せんことを期したい。多くの読書子の愛情ある忠言と支持とによって、この希望と抱負とを完遂せしめられんことを願う。

一九四九年五月三日

角川文庫ベストセラー

キャット・シッターの君に。　喜多嶋　隆

1匹の茶トラが、キャット・シッターの芹と新しい依頼主、カメラマンの一郎を出会わせてくれた……猫によってゆっくりと癒され、結びついていく孤独な人々の心をハートウォーミングに描く静かな救済の物語。

地図を捨てた彼女たち　喜多嶋　隆

恋、仕事、結婚、夢……人生のさまざまな局面で訪れるターニングポイント。迷いや不安、とまどいと闘いながら勇気を持ってそれぞれの道を選び取っていく女性たちの美しさ、輝きを描く。大人のための青春短編集。

みんな孤独だけど　喜多嶋　隆

誰もがみな孤独をかかえている。けれど、だからこそ自然と心は寄り添う……。都会のかたすみで、南洋の陽射しのなかで……思いがけなく出会い、惹かれ合う孤独な男と女。大人のための極上の恋愛ストーリー！

かもめ達のホテル　喜多嶋　隆

湘南のかたすみにひっそりとたたずむ、隠れ家のような一軒のホテル。海辺のホテルに集う訳あり客たちが心に秘める謎と事件とは？　若き女性オーナー・美咲が彼らの秘密を解きほぐす。心に響く連作恋愛小説。

恋を、29粒　喜多嶋　隆

あるときは日常の一場面で、またあるときは非日常の空間で——恋は誰のもとにもふいにやってくる。その続きはときに切なく、ときに甘美に……。様々な恋のきらめきを鮮やかに描き出した珠玉の恋愛掌編集。

角川文庫ベストセラー

Miss ハーバー・マスター　喜多嶋　隆小森夏佳は、マリーナの責任者。海千山千のボートオーナー、ヨットオーナーの相手をしつつも、ハーバー内で起きたトラブルを解決している。そんなある日、彼女のもとへ、1つ相談事が持ち込まれて……。

鎌倉ビーチ・ボーズ　喜多嶋　隆住職だった父親に代わり寺を継いだ息子の凜太郎は、気ままにサーフィンを楽しむ日々。ある日、傷ついた女子高生が駆け込んで来た。むげにも出来ず、相談事を引き受けることにした凜太郎だったが……。

ペギーの居酒屋　喜多嶋　隆広告代理店の仕事に嫌気が差し、下町の居酒屋に飛び込んだペギー。持ち前の明るさを発揮し、寂れた店を徐々に盛り立てていく。そんな折、ペギーにTVの出演依頼が舞い込んできて……親子の絆を爽やかに描く。

海よ、やすらかに　喜多嶋　隆湘南の海岸に大量の白ギスの屍骸が打ち上げられる事件が続いていた。異常を感じた市の要請で対策本部に呼ばれたのは、ハワイで魚類保護官として活躍する銛浩美。魚の大量死に隠された謎と陰謀を追う！

賞味期限のある恋だけど　喜多嶋　隆NYのバーで、ピアニストの絵未が出会ったのは、脚本家志望の青年。夢を追う彼の不器用な姿に彼女は惹かれていくが、彼には妻がいた……恋を失っても、前を向き凜として歩く女性たちを描く中篇集。

角川文庫ベストセラー

夏だけが知っている　喜多嶋　隆

父親と2人暮らしの高校1年生の航一のもとに、腹違いの妹がやってきた。素直で一生懸命な彼女を見守るうち、兄の心は揺れ動き始める……湘南の町を舞台に描く、限りなくピュアでせつないラブストーリー。

7月7日の奇跡　喜多嶋　隆

友人の自殺のため、船員学校を休学した雄次は、ある日、ショートカットが似合う野性的な少年に出会う。だがひょんなことから彼の秘密に気づき……海辺の町を舞台に、傷ついた心が再生する姿を描く感動作。

潮風キッチン　喜多嶋　隆

突然小さな料理店を経営することになった海果だが、奮闘むなしく店は閑古鳥。そんなある日、ちょっぴり生意気そうな女の子に出会う。「人生の戦力外通告」をされた人々の再生を、温かなまなざしで描く物語。

潮風メニュー　喜多嶋　隆

地元の魚と野菜を使った料理が人気を呼び、海果が一人で始めた小さな料理店は軌道に乗りはじめた。だがある日、店ごと買い取りたいという人が現れて……居場所を失った人が再び一歩を踏み出す姿を描く、感動の物語。

潮風テーブル　喜多嶋　隆

葉山の新鮮な魚と野菜を使った料理が人気の料理店。オーナー・海果の気取らず懸命な生き方は、周りの人々を変えていく。だが、台風で家が被害を受けた上、思いがけないできごとが起こり……心震える感動作。

角川文庫ベストセラー

ユージニア　恩田陸

あの夏、白い百日紅の記憶。死の使いは、静かに街を滅ぼした。旧家で起きた、大量毒殺事件。未解決となったあの事件、真相はいったいどこにあったのだろうか。数々の証言で浮かび上がる、犯人の像は——。

チョコレートコスモス　恩田陸

無名劇団に現れた一人の少女。天性の勘で役を演じる飛鳥の才能は周囲を圧倒する。いっぽう若き女優響子は、とある舞台への出演を切望していた。開催された奇妙なオーディション、二つの才能がぶつかりあう！

私の家では何も起こらない　恩田陸

小さな丘の上に建つ二階建ての古い家。家に刻印された人々の記憶が奏でる不穏な物語の数々。キッチンで殺し合った姉妹、少女の傍らで自殺した殺人鬼の美少年……そして驚愕のラスト！

狂王の庭　小池真理子

「僕があなたを恋していること、わからないのですか」昭和27年、国分寺。華麗な西洋庭園で行われた夜会で、彼はまっしぐらに突き進んできた。庭を作る男と美しい人妻。至高の恋を描いた小池ロマンの長編傑作。

青山娼館　小池真理子

東京・青山にある高級娼婦の館「マダム・アナイス」。そこは、愛と性に疲れた男女がもう一度、生き直す聖地でもあった。愛娘と親友を次々と亡くした奈月は、絶望の淵で娼婦になろうと決意する——。

角川文庫ベストセラー

二重生活　小池真理子

大学院生の珠は、ある思いつきから近所に住む男性・石坂を尾行、不倫現場を目撃する。他人の秘密に魅了された珠は観察を繰り返すが、尾行は珠と恋人との関係にも影響を及ぼしてゆく。蠱惑のサスペンス！

仮面のマドンナ　小池真理子

爆発事故に巻き込まれた寿々子は、ある悪戯が原因で、玲奈という他人と間違えられてしまう。後遺症で意思疎通ができない寿々子、〝玲奈〟の義母とその息子――陰気な豪邸で、奇妙な共同生活が始まった。

東京アクアリウム　小池真理子

夜景が美しいカフェで友達が語る不思議な再会に震撼する表題作、施設に入居する母が実家で過ごす最後の温かい夜を描く「猫別れ」など8篇。人の出会いと別れ、そして交錯する思いを描く、珠玉の短編集。

宇宙エンジン　中島京子

身に覚えのない幼稚園の同窓会の招待を受けた隆一は、ミライと出逢う。ミライは、人嫌いだった父親を捜していた。手がかりは「厭人」「ゴリ」、2つのあだ名だけ。失われゆく時代への郷愁と哀惜を秘めた物語。

眺望絶佳　中島京子

自分らしさにもがく人々の、ちょっとだけ奇矯な日々。客に共感メールを送る女性社員、倉庫で自分だけの本を作る男、夫になってほしいと依頼してきた老女。中島ワールドの真骨頂！

角川文庫ベストセラー

ののはな通信　三浦しをん

ののとはな。横浜の高校に通う2人の少女は、性格が正反対の親友同士。しかし、ののははなに友達以上の気持ちを抱いていた。幼い恋から始まる物語は、やがて大人となった2人の人生へと繋がって……。

恋愛中毒　山本文緒

世界の一部にすぎないはずの恋が私のすべてをしばりつけるのはどうしてなんだろう。もう他人を愛さないと決めた水無月の心に、小説家創路は強引に踏み込んで——吉川英治文学新人賞受賞、恋愛小説の最高傑作。

シュガーレス・ラヴ　山本文緒

短時間、正座しただけで骨折する「骨粗鬆症」。恋人からの電話を待って夜も眠れない「睡眠障害」。フードコーディネーターを襲った「味覚異常」。ストレスに立ち向かい、再生する姿を描いた10の物語。

結婚願望　山本文緒

せっぱ詰まってはいない。今すぐ誰かと結婚したいとは思わない。でも、人は人を好きになると「結婚したい」と願う。心の奥底に巣くう「結婚」をまっすぐに見つめたビタースウィートなエッセイ集。

猫目荘《ねこのめそう》のまかないごはん　伽古屋圭市

まかない付きが魅力の古びた下宿屋「猫目荘」。再就職も婚活もうまくいかず焦る伊緒は、様々な住人たちと出会い、旬の食材を使ったごはんを食べるうち、〝居場所〟を見つけていく。おいしくて心温まる物語。